JN044150

Bak Solmay

未来散歩練習

パク・ソルメ

斎藤真理子［訳］

白水社
EXLIBRIS

未来散歩練習

미래 산책 연습
by 박솔뫼
© 2021 by Bak, Solmay
© HAKUSUISHA Publishing Co., Ltd. 2023 for the Japanese language edition.
Japanese translation rights arranged with MUNHAKDONGNE Publishing Corp.
through Namuare Agency.

This book is published with the support of
the Literature Translation Institute of Korea (LTI Korea).

目次

遠いところの友たちへ　5

ココア　16

犬と愛　37

新しいことが始まるんだ　57

ドーナツ　76

次に書くこと　96

釜山の雪　115

温かい水　127

銭湯計画　142

十九時間走った列車　168

タワーにて　182

犬は演技が上手だ　200

作家のことば　215

推薦の辞
——2021年の原書刊行時に韓国語で寄せたもの　斎藤真理子　217

訳者あとがき　221

装丁　緒方修一
カバー写真　朝岡英輔

遠いところの友たちへ

恋人と自分が最初どうやって出会ったかをジョンスンがスミに話した場所は、二人一緒に宿泊しているホテルの部屋の中だった。二人は主にEメールでお互いの近況を伝え合い、月に一、二度は電話でもうちょっと長い話をしていた。落ち込んでいて危ういとき、どーんと沈んでいくような気分のとき、体を起こしているのも辛いとき、二人は相手に電話した。そんなふうにEメールと電話で様子を伝え合うだけの半年が過ぎ、しばらく会えなかった後で、今回運よく時間が合って、一緒にホテルに泊まることになったのだ。ジョンスンは五年前に離婚し、その後、スミに自分の恋人を紹介したり、つき合っている人がいると打ち明けたことはなかった。それよりは育児の辛さ、びっくりするような子供の言動、経済的困難との戦い、やはり離婚している自分の母親との複雑な関係などについて話した。スミが話す内容は、自分は今、何をやっているのかということで、大学を出てかなり経ってからの留学という自分の選択については、勉強を頑張っているときでもふと、私、今、何やってんだろという思いを振り払えないときがあったのだが、そんなとき友達のジョンスンに電話した。例えば研究発表の準備をしていて徹夜になりそうなとき、自分を疑わしく思う気持ちが止まらないとき、そんなときにスミは友達に電話し、二人それぞれ自分のことを話し、また聞いてやった。神経が尖り、不安が頭痛となって現れたときにスミはジョンスンへの電話で胸のうちをすっかり話したが、自分の今の状態を話すだけでなぜこんなに頭痛が治まり、心が落ち着き、何かを始める意欲が湧くのか、いつも少し驚き、少し安堵することになる。そうやって聞くことになったジョンスンの話というと、例えば今日子供が突然、永遠に死にたくないと言ったのだが、そのとき急に母さんから電話がかかってきて、それはしばらく前に受けた精密検査の結果が陰性だったという件で、母さんがジョンスンの子とまったく同じようにああ、死にたくないと言ったという話。スミはジョンスンのそんな話を笑いながら聞いている最中にふと鏡の中の自分の顔が見えるとき、またはちょっとお茶を淹れてくるねと言ってお湯をカップに注ぐとき、そして温かい湯気が顔にかかるとき不意に、人生は向こうでも違うやり方で進行しているという鮮明なまでの当然さを、その瞬間に理解したりしたものだ。

ジョンスンは、自分の恋人は日本では珍しいプロテスタントのクリスチャンで、宗教的な理由からではなくお酒やタバコはほとんどやらないという話をした。お酒は一杯飲むだけでも酔ってしまい、タバコは学生時代にちょっと吸ったが体に合わなかったらしくてやめたのだと。そういうところが何かおかしくて好きとジョンスンは言った。そして、自分がタバコを吸うことが恋人との間で問題になるわけではないけど何か気になって、ふだんよりはちょっとしか吸わないと言っていた。二人はホテルの部屋のツインベッドにそれぞれ横になってそれぞれの話をし、ある部分では集中し熱中するが、緊張が解けると笑ったり休んだりしながらまたそれぞれの話をした。ジョンスンはいい笑顔で、話している途中に昨日買ったパンとプリンを出して渡すと喜んでおいしそうに食べる表情がよかった。コーヒーを飲みにちょっと出かける前、ジョンスンは服を着替えるために体を起こしながらスミに尋ねた。

——叔母さんとどんな話したの?

——今と同じような話、したんだよ。

スミは今日の朝まで一緒にいたユンミ姉さんのことをちょっと考え、友達には叔母さんと言っているけれど家では姉さんと呼んでいるその顔を思い浮かべた。今日の朝まで一緒だったその顔は、今の顔と何年か前の顔と二十年以上前の顔が一緒になって思い浮かぶもので、まさにその、いつのものともいえない顔としてそれは残るのだとスミは悟った。続けてジョンスンは、あなたは元気だったのと聞き、スミはそのとき不意に、もう少し時が過ぎたら誰が誰を記憶しているだろう、つまり人々が姉さんを記憶し、姉さんについて話すことはだんだん減り、なくなっていくんだと、そんなことを思った。私は元気だったよ、これからもずっと元気だよとスミは答え、それなら姉さんと最初どうやって出会ったか書きとめておこうと心に決めた。

二人は着替えてホテルの近くの喫茶店に行った。姉さんと三回も来た店だ。もう慣れた店に入り、もう見慣れたメニューをゆっくりと見て、スミは昨日と同じ熱いブレンドコーヒーを注文した。店主はもうスミの顔を覚えたらしく、嬉しそうな顔でオーダーを受けた。姉さんと最初どうやって出会ったかを書くならその話の終わりは、ここでコーヒーを飲み、ホテルに戻る場面になるだろう。スミは、それを思い出すまま、簡単に書いてみようと思った。ジョンスンはまるで昨日の姉さんのように集中してタバコを吸いはじめ、その様子を見ながらスミは何となく、ジョンスンはもうすぐタバコをやめそうだなと思った。ちょっとしてコーヒーが出てくると、ジョンスンは幸せそうな表情で、ほんとにおいしいと言った。

——タバコが?

——コーヒーが。

——ほんと?　タバコじゃなくて?　コーヒーが?

——どっちも。どっちもよ。どっちも同じくらい。

スミとジョンスンは笑いながら、そうか、どっちもか、どっちもだねと言いながらコーヒーを飲んだ。スミは、二日間に何度もこの店に一緒に来た姉さんが、まるでこの場所のどこかから二人を見ているような気が一瞬、した。私たちはみんな、それぞれ違う人としてそれぞれ違う瞬間と場面を持ち、それぞれにとってだけ生々しい瞬間を生きていくけど、偶然に姉さんと一緒にコーヒーを飲むことができてよかったという思い、そしてその場にまた友達と一緒に来られてよかったというスミの思い。私たちは笑ってる、私たち笑っているよね。ジョンスンは笑いながら、いったい何を考えてるのと尋ね、スミは笑いながら手をさしのべてジョンスンの頬を撫でた。

＊

私が友達からの年賀状を受け取ったのは、新しい年が始まって一か月が過ぎたある日のことだった。旧正月が始まるころだったが、その人は、新年が始まってもうしばらく経ったけど……というあいさつでメールの文章を書き起こしてから、これはやっぱり年賀状というのには似合わないねと書き足して、絵の具で描いた絵を添付ファイルで送ってきた。私が彼に最後に会ったのは一昨年の秋だったが、彼はそのとき三十代の最後の誕生日が過ぎたと言っていた。

——おめでとう。

――まあ、もう若くはないけどね。

――えー、別にそんなこともないよ。

ともあれ、確かに若いとはいえないが、年をとってるわけでも絶対にない友達の顔を見て笑った。そのとき友達が言うには、自分は長生きしそうにない、早死にしそうだ。親戚の中にも長生きした人はあまりいなくて、何か、絶対、そうなりそう。早死にっていつ？　早死にという時期はもう過ぎたんじゃない？　と私が聞くと彼はまじめな顔で、七十歳ぐらいじゃないかと言った。病気になっても延命治療を一切せずに死ぬとしたらそのぐらいじゃないかな、将来はそういうのが早死にになるだろうと言った。病気にならなかったとしたら？　えーと、それは違ってくるだろうね。聞いていると、将来は、いや、もう本当にそうなってるのかもしれないという気がしてきて、それから一年後に私は、友達の言う早死にの年齢に近づきつつある六十代女性のチェ・ミョンファンに会うことになるのだが、チェ・ミョンファンは早死にどころか、私の周囲の誰よりも活気に満ちていた。チェ・ミョンファンがよく話すテーマの一つは、私たちはどう生きてきてどう生きていくかということで、そんな話をしながらチェ・ミョンファンの家のソファーに座っている午後のひとときは何となく時間がゆっくり流れ、私は、自分がさっさと片づけるべきことや気を配るべき生活上のいろんな問題を思い出さず、一人の市民としての、または人類の一員としての私自身を見つめることになった。そんなときには、私は現在を生きているが、それはどういう時間の中に生きていることになるのかと考えることになり、そうやって私自身を遠くから眺め、認識するという珍しい状態に置かれた。振り返ればそういう状態は、お茶を一杯飲む程度の時間でだけ成り立つものなのだ。お茶を飲み、お湯をまた沸かそうとして振り向き、日が沈みかけていることについて話して席から立ち上がるそんな一瞬に、ページをめくるようにして、そのような時間は背中を向けて別の世界に消えていった。

そんなある日の午後、チェ・ミョンファンは、自分は百二十歳まで生きることに備えていろいろな保険や年金に入っており、マンションもいくつも持っていると教えてくれて、百歳を過ぎたら自分の人生を振り返って回顧録をまとめるのだと言った。初めは冗談だと思い、それは準備が早すぎるんじゃないんですかと言って笑ったのだが、チェ・ミョンファンは一緒に笑っていたけどまじめだった。結婚したことも子供を産んだこともなく、当然、財産を譲る人もいないので、あらかじめきちんと備えて整理しておくのだという彼*の回顧録は、次のように始まる。

——百歳の誕生日までいくらも残っていない今、私は、納得のいく締めくくりで人生を終える

＊　チェ・ミョンファンは女性だが、本書では女性に対しても「彼」という代名詞を用いている。詳しくは訳者あとがきの二二八頁を参照。

ため、どのように死んでいくべきか選択することにした。死んでいった多くの人々が、私の代わりにその準備をしておいてくれた。私はそれを読み、理解し、自分の状況に照らし合わせて分類し、選択することにした。私は、私がどのような過程を経て最終的にどんな選択をしたのかまとめておく必要があると思った。これはその過程を記したものである。

だがチェ・ミョンファンは同時に、それより前に気候変化による地球の終末がはっきり見えてくるだろうと言った。それでも回顧録は書くかもしれないね。とにかくそういう気持ちで、すべて準備しておくのだそうだ。地球が滅びる可能性は高く、私は長生きする可能性が高いが、そのどちらにも備える気持ちで生きるという意味だ。私もまた、これからどうなるのやら来年のことも見通しが立たなくて、三、四十年後のことはもっと不確かだったが、とにかくそのとき、チェ・ミョンファンの録音の文字起こしを引き受けることにした。チェ・ミョンファンは私にそれを任せたいと言い、私はたぶん断らないだろう。その仕事が大変ならば自分より若い人に頼まなくてはならないのだから、これからはずっと友達づき合いをちゃんとして、人とよく会い、ご飯やコーヒーをおごるのをけちってはいけないな。今後何十年か、社交を怠らない人間として生き、死を控えたチェ・ミョンファンが録音した話を、やはりかなり歳をとった私が文字起こしして言うのだ、あー、この仕事、私にはもうしんどいですねえ　友達を連れてきますね。するともっと若い人たちが来て、あー、こういうのはね、今はこんなふうに簡単にできるようになったんですよーと言いながら何かやってくれるのだ。そんなふうにして、二十世紀の中・後期に生まれて生きたチェ・ミョンファンの物語はまとめられるだろう。そのとき、早死にしそうだと言ってた私の友達は過去の自分の予言通りに生きているものやら、私たち二人は一緒に録音を聴くことになりそうで、私がはんこを押したらあなたが紙を折り、私が紙を折ったらあなたが封筒に入れる、みたいなことをやったら面白そうな気がした。

——ところであなた、七十歳過ぎたね。

——おおー。そういえば、前にそんな話したね。

私たちが笑いながら文字起こしを手分けして、みたいなことを考えていくとふと、七十過ぎてからあなたに頼みたいことが出てきそうだよ、と急いで電話しないといけなさそう。その件を話すために会うとき、私は目の前のその顔に、七十過ぎたときの様子を思い描けるだろうか。もしくは、百歳を過ぎたチェ・ミョンファンが楽な服装でベッドに横になり、レコーダーをオンにして二十歳の自分を回顧するとき、私はチェ・ミョンファンの二十歳が思い描けず、自分の二十歳さえおぼろげだろう。けれどもそんなふうに食い違ってしまうことは考えず、それが決められた未来だし、私たちは未来と向き合っていると考えれば、お互いの話を聞くことになり、それを何度も反復し、慣れ親しみ、身につけ、引き受けてしまえば、あるときに自分でもその瞬間を経験することさえあるかもしれない。未来に親しみ、未来に手を触れたことのある人間として生きていけるだろう。それができれば、ドアを開けて外に出て、やってきたことを続け、歩いてきた道の続きを行くことができるだろう。

友達がメールに添付して送ってくれた絵の中では、大学の研究室みたいに見える部屋の窓の向こうで猿と孔雀がめいめい勝手に遊んでいた。窓の外では木々が森のように茂り、地面の草も鮮やかな色をしていた。私はそれをなぜか未来的だと思ったが、それは窓の向こうで本を読み、文章を書きたかったからだ。私はそこにとどまり、自分のいる世界を思う。そのときの私は今の私とあまり違わない姿で、でも違う職業と違う人間関係の中で、私と似ているけど違う人としてデスクに向かい、働き、しばらく窓の外を眺めるだろう。その人が住んでいる世界は今よりも合理的に動く場所であり、そこで人類はもっとましな未来を生きていた。それが私の考える未来だったが、一方でそれは、とても長い時間が過ぎた後で私が振り返るであろう過去の瞬間のようにも思えた。チェ・ミョンファンが言うように気候が変化し、動物たちが消え、地球の終わりが近づくとき、私はその窓の向こうのことを思い出し、私の欲しかった未来がもう戻ってこない美しい過去に思えるのだろうが、そのときは辛いだろうか、後悔するだろうか、または……でもそれは同時に、切実に蘇らせたい、作り出したい未来でもあった。過去の人たちが持ってこようとして努力した未来はまだ未来と感じられるし、私が思い描く未来も、未来にはまた、蘇らせたい未来となるのだろう。来てほしい未来を思い描き、手を触れるためには、どんな時間を反復すべきなのか。私はまずそれをどこかに書きとめておこうと思った。

ココア

刑務所を出たユンミ姉さんを連れてきたのは、スミの母方のおばあさんと父さんだった。おばあさんはなぜ自分の息子ではなく婿をそこへ連れて行ったのか、時が過ぎた後、スミはふとそのことをちょっと不自然だと思ったが、あのとき父さんがしばらく仕事をしておらず時間が余っていたからかもしれないし、男の子の多い家の次男である父さんは、どこにいても目上の人の世話をやくのが苦にならず、自分から話しかける人なので、もしかしたらおばあさんは自分の息子より婿の方が気が楽で、それで連れて行ったのだろうとも思った。その上、息子たちはみなユンミ姉さんをよく思っていなかったはずで、だとしたら、一緒に行ったのが父さんなのは当然のことだろう。

その日おばあさんも父さんも、姉さんを連れて帰ってくるとすぐに家を出た。スミはおばあさんが作っておいてくれたわかめスープを温め、海苔とキムチ、じゃこ炒めを出して夕ご飯のしたくをした。姉さんはスープだけ何口かすくって飲み、母さんの名前を口にして、あなたがその娘なのかと尋ねた。スミははいと答えたけれども、姉さんとそれ以上何の話をしたらいいのかわからず、ひどく緊張した。姉さんのやせた顔には頬骨が突き出ていて、無口だった。しばらくして姉さんは、スミがとても小さかったときに会ったのを覚えていると言った。スミが生まれてしばらくの間、スミの一家は父さんの仕事のために蔚山《ウルサン》で暮らし、やがてスミが学校に入ったころにユンミ姉さんは刑務所に入った。姉さんが刑務所に入っている間に、もちろんそのこととは関係なく、父さんの事業の失敗で暮らし向きが悪くなったのでスミの母さんはスミとスミの弟を連れて釜山の実家に帰った。父さんは月に一、二度、家族が住む釜山の家に来ていた。姉さんはスープを何度かすくい、スミの部屋に行ってみたいと言った。スミは母さんと弟と一緒に寝る自分の部屋を見せてあげた。姉さんは服も脱がず、横倒しになるようにして敷布団の上に寝ころがった。横になるとすぐに眠ってしまった。

——ご飯、もういいんですか？

——うん。

ユンミ姉さんは眠っているような低い声で答えた。スミは汁椀と茶碗を台所に運んだ。残ったご飯を立ったままで食べ、わかめスープの鍋からお肉をすくって食べた。お肉はおいしかった。食器を洗って、食卓を拭いた。誰も姉さんがどこにいたのか教えてくれなかったが、ちらっと聞いた言葉たちがどこかで集合し、いつからか姉さんが刑務所にいることを理解するようになっていた。もともと蔚山で家族だけで暮らしていたので、ユンミ姉さんがどこにいるかについて考えてみたことはなかったが、一緒に暮らすことになるとしたら、大学生のお姉さんができるなんて、何か、いいことのような気はした。でも姉さんは……大学生のお姉さんっていうより……ユンミ姉さんはスミの会ったことのない母方の親戚の娘で、小さいときにおばあさんが引き取って育てた。おばあさんはユンミ姉さんを姉さんじゃなくて叔母さんと呼べと言うのだが、叔母さんなんていたことのないスミはその言葉が口にしづらく、母さんも、叔母さんじゃなくてユンミ姉さんと呼びなさいと言う。スミは一人用の食卓を持って部屋に入り、宿題をしようと思ったが、寝ている姉さんの顔を見たり見るのをやめたりしているとなかなか集中できなかった。小さな息づかいとともに姉さんが低くいびきをかく音が聞こえた。姉さんはどこで寝るんだろう　これからどうやって生きていくんだろう。もともと姉さんの部屋だったところにはスミ一家の荷物が積んである。母さんが片づけはしたけど、もともとの姉さんの部屋のようにはならないだろう。姉さんの部屋には机と、空きの目立つ本棚があり、その本棚には卒業アルバムが並べて立ててあった。姉さんはときどき辛そうな声を出しながら寝ており、スミは宿題をしながら顔を上げては姉さんを見、姉さんの年齢を考えてみて、二十七歳かな　二十八歳かな　そのくらいの年の人はあんな感じなのかな　二十八歳というとずいぶん年とった感じがする、姉さんは年上みたいな気もするけど顔を見ると若い人みたいで、だったら二十歳はあれよりもっと若く見えるのかな　三十歳はあれよりどれくらい年とって見えるんだろうと考え、姉さんをちょっと揺さぶった。
——何の夢見てるの？
——ううん、見てない。何で？
——声が出てるからです。

姉さんは何でもないと言って腕を体に回し、目をつぶってまた眠った。母方の伯父さんは同じ町で近所に住んでおり、この家にはおばあさんとスミの一家で住んでいる。学校から帰ってくると、弟がいるか、または誰もいないことが多かった。母さんは伯父さんの店を手伝いに出かけ、弟も遅くまで友達と遊んで帰ってくることが多かった。スミは学校が終わったら家に帰って本を読んだり、静かに座って、自分は将来何をしようかとあれこれ考えたりした。しばらく歩き回ってから帰ってくることもあった。姉さんはそのときもこの家にいることになるのかな。スミは体を震わせてまた眠ってしまった姉さんの顔を見ながら、刑務所を出た人々はどうやって生きていくのだろうと考えた。こうやって生きているけど　若い顔だけど　姉さんの人生は完全にだめになってしまったとスミは思った。誰も姉さんに仕事をさせてくれないだろうし、誰も姉さんと結婚しようとしないだろう。姉さんが勉強を続けるのかどうかもよくわからない。誰か姉さんの友達が姉さんを助けてくれるんだろうか　だったら完全にだめになったわけではないのか。でも、どう考えても平凡な未来は見えなかった。もう完全にだめだった。

刑務所の前で姉さんに会ったとき、姉さんのまわりにはよく似たように見える男の人や女の人が何人かいて、その人たちは姉さんと握手をしたり、肩をたたいてやったりしていた。しばらく彼らと話していた姉さんをおばあさんは車に連れてきて、父さんは車の後ろでタバコを吸っていた。スミは誰かと目が合った記憶があるが、それはどうやら、その人をじっくり見ていたためらしい。その人は耳にかかる長さの髪で、やせており、指が長く、学校の音楽の先生によく似ていた。スミは視線を地面に落とし、音楽の先生の名前の三文字をそっと言ってみた。車に乗ってからもう一度彼らを見ると、彼はまだスミを見ていた。辛そうな声を出している姉さんを見ながら食卓で本を読み、一、二時間前に通ってきた道、一人ずつ見たら違う顔なのかもしれないが、なぜかみんな同じように見えたやせた男の人たちと女の人たちを思い出した。私はこの道を覚えておくよ、この標識を忘れないでおくよと思い、覚えておこうと思っていた木の形や標識の名前のことを考えたが、すぐに車の中で眠ってしまったので思い出せることがなかった。よそへ行くということがあまりに少なかったので、刑務所に行く道、刑務所から帰る道をありありと覚えていたかった。スミは、毎日の天気と通り過ぎる人々を死ぬまで覚えておきたかった。

眠っているユンミ姉さんの顔を見ながら、三十歳近い人の顔はこんな顔なんだな　私はその年齢になっても今のことを全部覚えているだろうな　私はいつ死ぬことになるのか　おばあちゃんみたいに長生きして当然と思いながらも、どこかへ逃げていきたかった。スミは大人になっても若くありたかった。若い大人のまま長生きしてから死にたかった。それでユンミ姉さんの顔をしょっちゅう見おろして、大人の顔とは何歳ぐらいに見えるのか　何歳ぐらいが若い大人なのかと考えた。

おばあさんは漢方薬を調合してもらって帰ってきた。もしかしたら伯父さんが寄るかもしれないので、その前に帰ってきて姉さんに薬を飲ませた。伯父さんは大学にまで行ってデモをする学生たちをよく思っていなかったし、姉さんのやったことはデモ程度ではすまなかったのだ。姉さんの部屋に敷布団を敷き、布団を広げてあげた。さっきまで寝ていた姉さんは入浴もせずにまた寝た。その日、近所に住んでいる伯父さんは家に寄ったのだろうか、そのことは思い出せない。伯父さんは夕方になると立ち寄って、店の近くの市場で買ってきたものをおばあさんに渡して帰ることがよくあった。果物とか肉とか、お菓子とか飲み物、ときには靴下など。その日はどうだったか思い出せないが、もしかしたら、他のことほど頑張って思い出そうとしなかったから思い出せないのかな。とにかく母さんはスミを早めに寝かせ、スミは姉さんの体から何となく水の匂い、池の水みたいな生臭い匂いがすると思い、自分を見ていた、音楽の先生に似た男の人と、お互いによく似ていたあの一団の人たちのうちの何人かはスミを見て笑い、スミは笑わなかった。そんな必要はなかったのに、スミは、あのやせた、口元の白い人たち、自分たちどうしで盛んに笑い合っている人たちを前にして、あなたたちは何で笑うの、おかしいよと言いたかったらしい。自分は絶対に笑わないぞと思った。スミは全然笑わず、固い表情で彼らを見ていた。そういうことも含めてすべてを記憶しておきたかった。宿題を終え、他に何をやろうかとまた考え、指からはまだごま油の匂いがした。残ったわかめスープが食べたかった。弟はもう帰ってきて寝ており、スミは、今日は特に家に人気《ひとけ》がないなと思った。午後はスミ一人のときが多かったが、夕食の時間になると伯父さん一家が来て一緒にご飯を食べることもあったし、近所のおばあさんたちが遊びに来ることもよくあったのに。母さんはおばあさんの部屋で、伯父さんと伯母さんと三人で話をしていた。頑張って耳をすましてもよく聞こえなかったが、しかしスミはそれが姉さんの話ということを知っていた。姉さんはひたすら寝ていて、まだ寝ていた。刑務所では大勢の人が一緒に寝るんだよね　一人で寝るのが怖いのかな　その方がいいのかな　スミは自分だけの部屋が欲しかったが、一人で寝るのはもしかしたら怖いのかもしれなくて、腕を伸ばして先に眠っていた弟がそこにいるのを確認してから眠りについた。

学校で担任の先生が、授業が終わったら教務室に来いとスミを呼んだ。春だったがまだ寒く、制服のジャケットを着てもまだ寒かった。寒いので腕組みをしたまま授業を受けた。ストーブの上のやかんでお湯が沸いていて、白い湯気が上がっていた。白い湯気を見るとなぜかおなかがすいてきて、柚子茶が飲みたくなり、おでんが食べたく、ラーメンが食べたかった。音楽の時間には先生の顔をずっと見ていたけど、実際に顔を見ると昨日見た男の人の顔とは似ていないようだった。でも、あの瞬間にはすごくよく似てると思った。そんなことを思いながらもう一度見ると、昨日の人の顔はぼやけてしまってよく思い出せない。先生を見て、似ていると思った昨日の顔を思い出し、先生を見て一緒に歌を歌うふりをしながら一時間を過ごした。スミは、昨日会った人と音楽の先生が兄弟だったら、私の知り合いと私の知らない人が知り合いだったらと、そんなふうに仮定してみてすごく変な気持ちになった。何で私の知ってる人と知らない人が知り合いどうしなの、そんなの変だし、不思議だ。国語の時間にはストーブからちょっと火が出たが、どこかから急いで砂を持ってきた先生が火を消し、続いて駆けつけた体育の先生が消火器を撒いて、二人はドアの外であわてた声で話していた。もう一度入ってきた体育の先生がストーブを点検して、穴をテープで塞いだために火事が出たらしいと、何か知っていることがあるような表情でそう言った。

——大したことじゃないんだから、家に帰ってから、また学校で火事があったなんて言ったりするなよ。いいか？

全然怖くなかったし、先生が何か失敗をしたんだとも思わなかった。ちょっとざわついてすぐに終わる程度のことだ。スミの袖から何かが焦げたような匂いがした。担任の先生はなぜ私を呼んだんだろう？　スミはストーブがよく見える席に座っていたので、火事になったときの様子を聞かれるのだろうと思った。だとしたら、火事が起きたのは知らなかったとか、そんなことは起きなかったと嘘をつかなくてはならないのか、それとも、確かに火事は起きたと　ストーブのどこかに誰かがテープを貼ったせいで火事になったのだろうと　でも絶対に家でそう言うなって体育の先生がおっしゃいましたと　私も家ではそのことは言いませんと言わなきゃいけないのか。スミは火事に関して自分の何が悪かったのか　または何も悪くなく、そもそも別のことで呼ばれたのか　だったらそれは何だろうと考えながら教務室に行った。教務室の中は暖かくて、それだけでも緊張した気持ちがほぐれるようだったが、担任の先生に会うことを考えるとすぐに心が固くこわばった。カリンの匂いがして、先生たちは柚子茶を飲んでいた。

——家で変わったことはなかったか？

——ないです。

——前は蔚山に住んでたんだったな？

——はい。

——何で引っ越して来たの？

——ええと、父さんの仕事の関係です。

——おばあさんの家に住んでるんだね？

——はい。
——誰と誰で暮らしてる？
——おばあさんと、私の家族とで。
——他にはいない？
——いないですけど。
——叔母さんがいるだろう。
——あ、はい。忘れてました。
——何で忘れた？

スミは、ずっと一緒に暮らしてきたんじゃないので思い出さなかったと答えた。先生は、その人が誰だかちゃんと知っていると言った。もちろん、先生一人が知ってるわけではないよとつけ加えてスミの顔を見た。先生は何歳だろう、スミはユンミ姉さんという突然登場した顔を基準にして、この人はユンミ姉さんより何歳上か下か　すごく上か　そんなふうにして年齢の当たりをつけるようになっていた。うちに住んでいる人のことを質問され、答えてみると、あなたにも家があって、家では話をしたりご飯を食べたり用事をしたりするんだよね？　と思うし、ユンミ姉さんより少し、いや、少しどころではなく年上のこの人が、自分の家では今みたいなことはしないのだろうと思うと変な気持ちになる。音楽の先生と昨日会った人が兄弟だと仮定してみたときみたいに。

——変な行動があったら、まず先生に言いなさい。

——変な行動ってどんなのですか？

——わからないのか？

——わからないです。

担任の先生は棒でスミのおなかをツンツンとつっつきながら、わからないのか　変な行動って何なのかほんとにわからないかと言い、手で頭を小突きながら、本当にわからないのか？　と聞いた。スミは本当にわからないと言った。反抗したい気持ちは少しもなかったが、わからないと言うとき何となく、私の目つきが悪いんだろうという気がした。担任はもう帰りなさいと言い、スミはおじぎをして出た。教務室を出るとき二年生の国語の先生が後を追って出てきた。この先生はユンミ姉さんより年下らしい。スミは一度も習ったこともなく名前も知らない先生だったが、なぜか先生はスミの名前を知っていた。

——私のこと、知らない？

——知りません。

先生は「イ・ジョンスク」と名前が書かれた出席簿を見せてくれた。イ・ジョンスク先生は、人の名前はよく覚えておくものよ、誰かに何か言われたら私に会いに来なさいと言った。誰が、何か言うんですか？　それはわかんないけど、という答えを聞きながらスミは、体ってときどき、今の自分と合ってないと思った。自分が他人の目にどのように見えるのかわからないが、スミは自分を大人だと思うことがよくあったから。でも、みんな私を大人とは思わないよね。みんながユンミ姉さんのことを聞くし、先生たちが姉さんに関心を持っていることがスミは怖かったが、少し面白かった。スミは教室に戻り、かばんを持って運動場を横切り、校門を出た。学校を出てバスに乗り、毎日毎日バスで通り過ぎる風景を私は絶対に忘れないよと、スミは誰にも聞こえないように小さな声でそう言った。坂に沿って背中合わせに建てられた家々とマンションとその屋上、また角を曲がると海が見え、銭湯の煙突は煙を吐き出していた。このことをどこかに書きとめておこうと思った。私、船に乗って遠くへ行ってみたい。飛行機に乗るのもいいだろうけど、なぜか飛行機に乗ることは想像できなくて、荷作りをして船に乗って遠いところに行ってみたい。私が船に乗るとき、誰も手を振ってくれないだろう。そうだったらいい。遠くへ行ったら私は誰の娘でも親戚でも友達でもない人になって、知らない人　初めて会う人たちの中でずっと暮らすことになるが、スミは本当にそうしたかった。そのときスミは若くて大人で、ずーっと若くて大人のままでいる。おなかがすいていて、袖からはまだ焦げくさい匂いがした。いつの間にか家に着き、かばんを置いて手を洗い、部屋で横になった。起きて部屋で宿題をしてラジオをつけ、スミは自分が見ていない映画の話とその映画の主題曲を聞いた。流れてくる小声の会話に耳を傾けていたとき、弟はおばあさんの部屋で眠っていて、母さんとおばあさんは銭湯に行き、起きている人は誰もいなかったが、スミはラジオに頭を近づけて横になった。

——お餅だよ。

ユンミ姉さんがよもぎ餅を持ってきてテーブルの上に置いた。変な行動、夜中に大学生に会うとか、手紙のやり取りをするとか……

——今日もずっと寝てたんですか?
——わかんない。
——わかんないんですか?
——うん、わからない。
——何でわからないんですか、寝たか寝ないかが。
——じゃあ、寝たのかな。学校は楽しかった?
——もちろんです。

――スミは、変なことない？
――変ってどういうことですか？
――変なこと。嫌な気持ちになることとか。
――わかりません。
――どうしてわからないの？　辛いか辛くないかが。
――そういうの、わかんないです。
――家のまわりに誰か立ってない？
――それは全然わかんない。私、あまり横を見ないから。

　スミはいつも、バスで見る家を　屋上の洗濯物を　屋上の床の色を　海の上の船を　船に乗っている人たちを　船に乗っている見えない人たちを、まるでその人たちが本当に見えてるみたいに思い出すことには熱心だったけど、家のまわりに誰がいるのか　誰が自分のそばを通るかについてはいつも、何も思い出せなかった。私は前だけを見て歩いているのかな、見たいものだけ見ているのかな。スミはずっと一人で歩いていたかったし、そして大人になったら遠いところにいたかった。担任の先生の言ったことは誰にも言わないだろう。電話が鳴ったので、電話に出るためにおばあさんの部屋に行った。弟は昼寝から起きてテレビを見ていて、電話に出ると、ちょっとー、あんた誰？　あんたがチョ・ユンミ？　というたぶん母さんと同じ年ごろの女性の声が聞こえ、どなたですか？　と尋ねると、どなたですか？　と聞き返され、早く代われという声がして、スミはそれを聞くと同時に、間違い電話だと思いますよと電話口に言った。間違い電話って何さ、どういうしつけをしてんのよ、子供のくせにずいぶんずけずけと口答えするじゃないの。スミは立て続けに悪口を聞かされて電話を切った。怖かったが、でも一瞬、ドラマの主人公になったような気がした。辛い目に遭うかわいそうな人に、意地悪な人たちの電話に泣きながら出る人になったのだ。でも電話を切るとすぐ心臓がどきどきして、怖くて涙が出た。何でそんな気持ちになったんだろう。こんな電話のやりとりはドラマでしか見たことがなかったからだ。怒って人探しをして、ものすごく悪いことをした人をこらしめようとする場面だが、スミは何も悪くないし、自分にやれそうなものすごく悪いことなんて、想像もつかない。続けてまた電話がかかってきた。こんどかかってきた電話は同じクラスのジョンスンからだった。ジョンスンは週末に図書館に行こうと言い、続けて何か言おうとしたが、後で会おうねと言って切った。そうじゃない、ただ思い出して電話したと言ったんだ。わかった、うん、週末に会おう。

ユンミ姉さんは部屋に戻ったのかそこにはいなくて、テーブルにはよもぎ餅が一個残っていた。丸い食卓の上の丸いお皿の上で、平らな箱のような緑色のよもぎ餅は美術の時間の静物画みたいだったが、絵に描くわけにもいかずスミはそれをむしゃむしゃ食べた。スミは何も知りたくなかったが、でも、すべてを知っていて、これ以上何も知る必要がない状態だったらいいのにと思った。

スミがよく考えていることがあった。それは、大きすぎて口に見えないくらい大きな魚の口の中に、みんながリュックを背負ったまま悠々と泳いで入っていくところだった。魚はものすごく巨大で、海の中なのになぜか空気も不足してなくて、みんなリュックに入れてきた自分のものを魚の腹の中で使って、つまり机　椅子　布団といったものをちゃんと整えて暮らしていた。その海は釜山の海ではないようだった。でも、釜山かもしれなかった。その魚が実は影島《ヨンド》（釜山南部にある島で昔からの観光地）だったとか、おとぎ話ってそんな感じじゃないかと思うけれども、まあ、影島のはずはない。そこでスミには友達ができ、友達にはみんな親がなく、年下のきょうだいもなく、でもみんなお互いのことが好きで、励まし合い、大切にし合っていた。スミはときどき空のリュックサックを背負って悠々と泳いで出ていき、歩き回って、食べたいものを買い食いした。トッポッキとスンデ（韓国風腸詰）とカルグクス（うどんのような麺類）を食べた。キムチチャーハンを食べ、ピビンカルグクスを食べた。そしていつかそのときになったら、自分の知らない食べたことのない食べもの、どこかのメニューで見ただけの八宝菜や中国風冷菜や南煎丸子《ナンジャワンス》（肉団子）　ロバタヤキ　チーズケーキ　そしてステーキやラザニアを食べ、ウィンナーコーヒーやウイスキーを飲むことになるかもしれない。そのようにして用事をすませるとスミはリュックに荷物を詰め、また魚の腹の中に入っていき、それからまた出てきてスンデを食べ、トンカツやラーメン、ワッフルやドーナツを買い食いした。おいしいものを食べて歩きながら海風に吹かれたりもし、そしてスミは自分とは違う人たちと出会い、外国に行く。そこは日本でもあり、あるときはアラスカ、あるときはドイツだったりした。またあるときはポルトガルだったが、船と港のある街だったので、それでスミはここがポルトガルだとわかったのだ。スミは外国で働き、小さな部屋を借り、友達とつき合い、そうやって生きていく。そんなある日、魚の腹の中で一緒に暮らしていた友達に偶然道でばったり会い、時間は経っていたけれどもお互いに気づき、彼らはその短い時間の間にだんだん魚になって、それからまた濡れた水滴になり、道の上で消える。スミと友達はしばらく道の上に雨粒のような跡を残すが、風が吹いて日が暮れるとその跡もすぐに消えてしまう。けれどもまた別の話の中で彼らはお互いに気づき、抱き合い、泣いて笑って元気かと尋ね合い、魚の腹の中でのことはすっかり忘れたようなそれぞれの忙しくて平穏な人生について語り合い、これが永遠の終わりだということを理解して別れる。スミはそんなことを毎日考えていた。毎日毎日それを反復してはまた反復した。

ジョンスンは、甘くて柔らかい卵焼きやソーセージ炒め、ゴボウの煮ものといったものをよく持ってきており、母さんが日本人だから、中学校に入ってから初めてキムチチャーハンを食べたと言っていた。トッポッキも？　トッポッキは食べてたよ。二人は図書館で本を読み、途中で地下の売店でキムチチャーハンとラーメンを食べた。本当においしかった。何でおいしいんだろうね？　二人はおいしいね、おいしいねと言いながら残さずすっかり食べた。何でこんなにおいしいのかな、本当においしかった。ジョンスンは自動販売機でコーヒーをおごってあげると言った。

二人はコーヒーを飲み、コーヒーって苦くて甘くておいしいと思った。今日はそんなに寒くなく、建物の中の方が外より寒い感じだった。陽のよく差す日だった。

――あのさ、あなたんとこの叔母さんね。

――うん。

――叔母さんの話、知ってる？

――何を？

――全然知らないの？

――うん、まあね。私、よく知らないんだ。

ジョンスンは、前に龍頭山《ヨンドゥサン》公園近くのアメリカ文化院に放火して捕まった中の一人があんたの叔母さんだと教えてくれた。スミは、あ、私、よく知らなかった、そういう話は家ではしないからよく知らなかったと言ってちょっと驚いた顔をし、それは全部事実だったが、スミは自分が嘘つきみたいに見えるかもしれないと思った。

――私もよそで聞いたんだよ。だけど、そんなことあったたっけって、思い出せなくて、何のこと？　って聞き返したんだ。

——私もよくわかんないな。

——前、国民学校に行ってたころに起きたんじゃない？

ジョンスンは、小さいころのことはよく覚えていないと言った。スミは小さいころのことをよく覚えている。弟と道に迷ったこと　弟が動物園のキリンが好きだったこと　母さんとデパートに行ったこと　父さんが後で来てカルビを食べさせてくれたこと。ジョンスンの話を聞いて考えてみると、実はスミはそれほど驚かなかったみたいでもあった。何となく、実はこういうことなんじゃないかと思っていた通りのようでもあり、母さんが遠回しに言っていたことや、どこかでちらっと聞いた大人たちの会話といったものが混ざって、こういうことかなと思ったようでもあり、なぜかこんな瞬間を待っていたような気もした。ある程度はもう知っていたけど、人の話を通して聞くととんでもないことに思え、スミは瞬間的に、もうこの先、何もかもおしまいなのかどこかに捕まるのか　頑張っても誰かに邪魔されちゃったりするのかと考えたり、やめたりした。ユンミ姉さんの顔を見て、もう他の未来はないと思ったときみたいに。そんなふうに、私も巻き込まれることになるのだろうか？　心の奥ではそんなはずはないと思いながらも、その瞬間は本当にそうなるかもしれないと思った。だけど私は逃げるんだ　私は魚のおなかの中に入るんだ。誰も私を知らなくて、教室の中の時計みたいになって生きていて、時間になったらボーン、ボーンと鳴ってみんなに私を見つめさせたいとも思った。笑える。スミは、自分には行くところがあるということ、最後の最後のどんづまりの瞬間に行くところがあるということを考えた。ジョンスンは、よけいなこと言っちゃった？　もう全部知ってると思ってたと言い、スミは、知らないけど、知らなかったけど、でも大丈夫と言った。紙コップはもう冷めていて、今って寒いのかな？　まだ寒くないのかな？　スミは海に向かって歩きながら、風が自分をめちゃくちゃにかき乱してくれたらいいのにと思った。こんなふうにして私は消えてしまうかもしれない　誰かが海の中から私をすくい上げるかもしれない　スミはそう思い、隣で友達が何を考えているのか、どんな顔をしているのかもわからないまま、海風で髪がめちゃくちゃになったらいいのにと思った。何も言わずしばらく座っていて、自販機のココアを一杯買って二人で分けて飲み、バスに乗って家に帰った。家に帰る路地には車が一台駐車しており、これが姉さんの言ってた変なことだろうかと思い、いつ嘘をつけばいいのか　でもそれは本当に嘘なのか　私が言うことは嘘になるのかと考えながらスミは家に入った。私の顔は何歳に見えるんだろう　自分が小さすぎてどこにも行けないことが、それなのにすぐに年を取ってしまうのが嫌で、大人だしずっと大人だけど年を取っていない大人として生きていってある日死にたいと思った。それは何歳のときだろう　高校に行って大学に行って、二十七歳ぐらいになったらそれが年を取りすぎていない大人になったということじゃないかとスミは思った。ユンミ姉さんは勉強ができたので、おじさんたちが大学にも行かせてくれた。でももう学校にも行けず、家にいる。スミは大学に行ってみたかったし、外国に行ってみたかった。ジョンスンは母さん父さんと一緒に日本に行ったことがあると言った。東京に行ったし、東京ディズニーランドにも行ったと言っていた。私も日本に行ってみたいし、ハワイとシアトルに行ってみたい。ロンドンとトロントに行ってみたい。バンクーバーとロサンゼルスに行ってみたい。スミはいろんな遠いところに行ってみたく、スミはいろんな外国に行くだろう。

犬と愛

私がチェ・ミョンファンに初めて会った場所は、釜山中《プサンチュン》区大倉洞《テチャンドン》の富原《プウォン》マンション内にある銭湯だった。私はお湯の中のチェ・ミョンファンを見て、白くて大きい人だと思った。五十代後半かな　いや六十歳を過ぎてるかな　と私のまわりのそれに近い年ごろの人の顔をチャートのようにめくって、チェ・ミョンファンの年齢をさっと見積もろうとしてやめた。五十代であれ六十代であれ、白くて大きいということの方が目立つ人だった。耳にかからないショートヘアで色白の顔をして、体はそれよりもっと白いその人は、目をつぶって熱い方のお湯に入って座っていた。熱くてゆで上がっちゃいそうだよ。私は心の中で一から六十まで数えた。平日の午後で、お風呂に入ってる人は何人もいなくて、五人ぐらいかな　私はそれでも頑張って熱い方のお湯でがまんしていたけど、何でこんなに頑張っているのかというと、とにかくもう入ってしまったからだった。足を踏み入れたならまずは頑張ろう。そんな気持ちで私は、私の前にいるこの人が出るまでは頑張ってみようと心に誓い、それ以外のこと、熱さを忘れさせてくれる他のことを考えてみることにした。お湯の中に小柄な、パーマをかけたショートヘアのおばあさんが一人、入ってきて、お湯を体に少しずつかけていた。熱かったが、爪先からだんだん体があったまってくるのがいい感じで、でも、この調子でがまんできそうだと思ったとたんに熱さで息が詰まりそうになり、もうとてもだめという気がしてすぐ出たくなった。私はいろんなこと　自分が将来やるべきことすぐにではないけどいつかはちゃんとするべきこと　冷たい水のこと　もうすぐここを出たら食べるもの　食べたいもの　食べようと思っていたもののことを考え、それらはいつ考えても集中できるテーマだったがやっぱりお湯は熱く、そして二人のうちどちらも熱い方のお湯から出ようとしなかった。私はもうがまんできずお湯から出て席に戻った。もう一度体を洗って外に出て、水を一杯飲んでから戻り、自分の席でちょっと休んだ。

体が白くて背の高い人は、私がサウナに入ったときも先に来て座っていた。

――さっきは、熱いのによくがまんしてたね?

――いいえ、とても熱かったです。何であんなに長く入っていられるんですか?

――じっとしてたら熱くないですよ。

体が白くて背の高いその人は私の体に、自分が持ってきた、どこか外国で買ってきたというバスソルトを塗ってくれた。私は体に塗られたバスソルトをこすって、塩が溶けていくところを見た。塩は体の上できらきらして、すぐに溶けて水滴になった。こんどはその人が先にサウナを出て、私は塩が完全に溶けるまで体をこすってから立ち上がった。それからシャワーを浴びると、バスソルトをすり込んだところが柔らかかったので、これは本当にいい塩なんだろうなあと思い、どんな塩でこすってもいいいんじゃないかとも思い、また席に戻ってきた。

——どこに住んでるの？　ここ、来る人はよく来るんだけどね。

体の白い人は私の隣の席に座って、顔にパックをしたままで垢すりをしていた。ちょっとの間も休んでいないんだなあ、本当にまめな人だ。

——お手伝いしましょうか？

私は彼の背中をこすってあげながら、ソウルに住んでいるが、釜山にはしばらく仕事があって来たと言った。そうなの、だけどね、何でこんなところに来たの、お風呂が好きなら東萊《トンネ》の温泉に行けばいいのに、センタムシティの新世界スパランドもいいよ、仕事は何してるのと質問は続き、私は、近くのホテルに泊まってて、散歩していてそのまま入ってきた、職業は会社員と答えた。そして、そうか、後で温泉に行ってみようかと思った。

銭湯に入る前、私は富原マンションの周辺を歩いていた。古い建物を見るといつも入っていきたくなるが、中でも富原マンションに関心を持つようになったのは、私が泊まっているホテルの窓を開けると正面に富原マンションが見え、マンションの外壁の中層階あたりに「銭湯」と書いてあったからだった。マンションの中に銭湯があるんだろうか？　どうやったらそんなことができるのかなあと考えながら、並んで建っている、また、ときには坂に沿ってでこぼこ不揃いに建っている古い建物を窓越しに眺めた。ホテルのコーヒーポットでお湯を沸かしてコーヒーを飲みながら、そろそろ出かけなきゃいけないんだけどなと思いながら、外を見おろした。正面に見えるマンションまではどう行けばいいのか、頭の中でざっと描いてみた。そうやって入ってみたい場所がいくつかあった。龍頭山《ヨンドゥサン》マンションの中に入ってみたかったし、マンションの階段を上がり、自分の家みたいにドアを開けて入り、しばらく床に横になってみたかったし、南浦《ナンポ》駅の近くを通るたびに見る釜山デパートの中にも入ってみたかったし、そこに入って廊下から下の階を見おろしてみたかったし、その後ドアを開けて部屋に入り、窓の外に何が見えるか、詳しく見たかった。たぶんロッテデパートが見えるだろうな　ロッテデパートの屋上からは海が見えるけど、釜山デパートのどこかからも海が見えるだろうかと考え、そんなふうにして、入ってみたいところを順に思い出した。

釜山デパートの地下は食堂で、私は地下道からは出ず、釜山デパートの地下の食堂街に入ってご飯を食べた。ドアを押して入るとずっと溜まっていた空気の匂いがして、テンジャンチゲや肉炒めを出す似たような食堂が並ぶ中で、いちばん奥の食堂に入った。テンジャンチゲを注文してから、ピビンバにすればよかったと思い、もう一日過ぎたし、休みの残りは何をしようかと頭の中でスケジュールを立てようとしたが、そのときちょうどテーブルに大きな麦茶のやかんがドンと音を立てて置かれ、大きな温かいやかんを見ると何も考えたくなくなり、麦茶を飲むとおかずが出てきてサンチュが出てきて、先のことを考える暇もなくテーブルの上にぎっしり並べられた料理を食べはじめた。

ご飯を食べて出てきて釜山デパートの一階の店を見物した。寿《ス》石《ソク》（観賞用の自然石）を売る店と古いコインを売る店があり、見物しているようなしていないような消極的な姿勢で店の前に立ち、小さな、珍しい品物たちを見た。エレベーターに乗り、○○商社という看板を掲げた事務所がたくさん入った階で降り、用事があるような顔でその階をうろうろしてから下りてきた。誰も私の前に立ちはだかったりせず、誰も私を不審に思わなかった。私は平凡な服装の女性で、おそらく子供の次にいちばん怪しくないグループに属しているのだろう。

その後で寄ったのは龍頭山マンションだった。不動産屋に電話して、売りに出ている龍頭山マンションの一室について聞くと、店の主人が、そこはさっき売れたばかりだと言った。でも、後でそれに似た物件が出たら検討したいので内見だけでもできませんか？　と尋ねると、彼は同じマンションの他の物件があると言った。釜山駅からチャイナタウンを通って中央洞を歩き、光復洞、南浦洞方面に向かうと、国際市場の近くに龍頭山マンションはあった。昔のマンションの中には、世帯数もあまり多くない上、一棟とか二棟しかない小規模の、何でこんなのがこの都心にあるの？　と道行く人たちに思わせるようなのがある。しかも龍頭山マンションは一階のほとんどが洋服屋で、マンションという表示も小さく、そこが集合住宅だということはわかりづらかった。龍頭山マンションを目指して行き、昔ユナデパートだったビルの前を通り、このビルの六階の男子用トイレで一九八二年にある大学生がビラを撒いたことを考えた。そこからはアメリカ文化院の全景が見えたはずだ。現在、そのビルには銀行という看板が出ているが、ビルの窓のあちこちに「賃貸」と「立ち入り禁止」という垂れ幕があちこちにかかっているのが見えた。都心の真ん中で「賃貸」という文句を掲げたビルを見ると変な気分になる。何で隣のビルじゃなくてここが、いや、このあたりのビルのほとんどは大勢の人が出入りしてるのに、何でここは通るたびにドアが閉まっていて、「賃貸」という文句がついているのか。

龍頭山マンションの売店の前で不動産屋の主人に会った。彼は、私がこれから見る物件には銀行勤めの若い男性が母親と一緒に住んでいると言った。私が最初に見たかったところはもう売れてしまったので、他の階で月払いの賃貸に出ているところを見せてくれるのだそうだ。息子さんは会社から帰るのが遅いし、お母さんの方は今、青島《チンタオ》に旅行に行っているので、やっと許可をもらって見せてあげるんだよという。私は自分がなぜここに住もうとしているのか、何をしている人間なのかについていくつかの答えを用意してあった。ソウルで会社勤めをしながら個人的に創作活動をしていて、来年には会社を辞めてフリーランスとして働く予定なので、釜山に引っ越そうと思ってるんです。ソウルは住宅価格が高すぎますもんね。会社を辞める予定だというのと、間もなく釜山に引っ越すということ以外は嘘ではないので、これは本当のことだよねと自分に言い聞かせた。会社を辞めることも、釜山に引っ越そうとしていることも嘘ではなく、いつか、いや思ったより早く起きることじゃないかなあ、と言ってみると自分の言葉に慣れたのかだんだんそんな気がしてきて、言葉はやっぱりパワーが強い。釜山に仕事場を持つことも可能なんじゃないか。または、私が間もなくすらすらと答える言葉通り、釜山に引っ越すというのも、全くありえないことではないのだ。不動産屋の主人は慣れた手つきで番号キーを押し、私はきちんと整理された家に入った。銀行に勤めている若い男性の部屋らしき左側の部屋には、ちゃんと洗濯してアイロンをかけたワイシャツとスーツのズボンが二段のハンガーラックに並べてかけてあった。部屋にあるのはハンガーラックとベッド、コンピュータと机だけで、余計なものはなさそうに見えた。生活感のない、陽があまり入らない部屋だった。リビングと、たぶんお母さんが使っているのであろう奥の間を見て、トイレの電気をつけてみて、水を出してみて、便器の水を流してみて、ボイラーをつけてみて。不動産屋の主人は、若い人が何でこんな広い家に住もうとするのか、もっと小さい物件は見ないのかと尋ね、私は冷静に、もっと小さいところでもいい、よい物件が出たら連絡してほしいと言い、だが、作業室としても使うかもしれないので広いところを見ているのだと自然っぽく答え、ところで作業とは何なのかという質問には、個人的に創作活動していると答えた。私は絵は描かないけど、絵を描く人と思ってもらってもいい感じで話をぼかした。それ以外にもいくつか質問されたが、聞き取れなかったみたいに、うるさくて聞こえなかったみたいに、あ　はい　はいと言いながら家のすみずみを見て回った。奥の部屋にもテレビがあり、リビングにもテレビがあった。リビングの中央にはシャンデリアに似たちょっと派手な照明器具がぶら下がっており、電気をつけると暖かいオレンジ色の光が空間を包んだ。大きなテレビの横には金魚が入った水槽というべきかアクアリウムがあり、向かいには革のソファーがあった。私はソファーにしばらく座って窓の向こうの円仏教のお堂を見た。その瞬間、室内がとても静かだと感じた。古いマンションは壁が厚くできてるみたいだな。リビングに金魚の入ったアクアリウムがある四十坪台のマンションをすみずみまで熱心に見た。キッチンには梅を漬けたガラス瓶が四個もあった。マンション内部を見物し、靴下をはいた足で床暖房のことを調べているふりをし、だが、そうやって注意を向けてみると本当にそのことに集中することになり、それから窓ぎわに行き、目をこらすと遠くに見える、今は釜山近現代歴史館になっている釜山アメリカ文化院の建物を見た。

　ある場所からは何かが見え、またそこからは他の何かが見え、何かを見るために高いところに上り、何かを隠すために窓を閉め、身を潜める。だが、ある場面は何も残らない。そういうものは撮ることも、撮られることもなかった。見ている人はいたのか　それさえもわからない、でも、どこで誰が何を見ていたか、誰も見ていなかったものが後に何を残すかについて、私たちは決して確かなことはいえないのだ。

デパートの六階から、八〇年五月の光州《クァンジュ》に関するアメリカの責任を問うビラをまいた男性は、自分の仲間たちがビルの一階に入った後、計画通りに火の手が突き上がり、煙がビルを包むのを見ただろう。風がよく吹く日で、何をどれだけまいたときにどの程度の結果が発生するのか彼らは正確に予測できなかったが、そうしたことをどこで、どうやって学べるというのだろう。彼らは放火の予行演習を実施し、灯油から引火性の高いガソリンに変更し、アメリカ文化院の防火施設と非常口を確認し、火はあまり広がらないだろうと予測し、把握し、決定し。つまり彼らは、そのことだけから、誰かが死んだり負傷するとは予想できなかった。まだその事実を知らず、想像もできなかった六階男子用トイレにいた男性は、そこから見えるものを震える気持ちで見守ったことだろう。彼らは、事件が片づいたらそれぞれの学校に、それぞれの持ち場に戻ると決めていたし、大きな問題はないはずだと思いながら彼はアメリカ文化院を見守っている。実際に引火物を持ってビルの一階に入ったのは二十歳前後の若い女性四人で、火をつけたのも彼らだった。火がついた瞬間はその四人だけが、ひょっとしたら四人のうちの一人か二人だけが目撃したのだろう。デパートの六階で男性はその様子を見守りながらビラをまき、彼は後に主導者と目され、死刑を宣告される。国土劇場（釜山の映画館）では、当時医大生だった別の男性が同じ内容のビラをまいていた。彼はその後、釜山で貧しい人たちの治療に当たる医師となる。

もしも私たちのすべての瞬間、私たちのすべての現場が写真によって記録されるなら、私たちはもっとうまくやれるのだろうか。撮られることに慣れて、もしかしたらある瞬間からは、撮られていることを忘れるかもしれない。煙に包まれた建物の写真はあるけれど、灯油のタンクを持ってアメリカ文化院に向かう若い女性たちの写真はないはずだ。彼らが火をつける場面の写真も、この世に存在しないはずだ。

タンクを持った若い女性を見たという証言や、その学生を見たという近隣住民の目撃談はいくつか受理されている。アメリカ文化院の警備員も同様の証言をしたという。当時そこには図書館が付設されており、蔵書数は非常に多く、大勢の学生がいたという。この場所は一時、領事館の役割を代行しており、ビザに関する業務も担当していたそうだ。ドアを開けて入るとドアの外とは別世界だったであろうそこは、一九二九年に東洋拓殖株式会社釜山支店として建てられ、そのときその建物は日本語しか理解せず、すみっこで朝鮮語で話す人もいただろうが、それが言葉として扱われることはなかった。一九四九年からは米国海外公報処アメリカ文化院と呼ばれ、建物はいつの間にか英語を理解するようになり、徐々に韓国語を理解し、処理できるようになり、戦争のさなかにはアメリカ大使館の役割を果たし、一九九六年に撤収されるまでは文化院としての役割を務めた。文化院を往来していた英語を話す人々と、英語を話そうとする人々と、そして本また本のただ中にいた人々。そのときこのあたりはどんな様子だったんだろう　今みたいに人が大勢行き来していただろうかと思いながらまたマンションの室内の方へ頭をめぐらせた。ソファはふかふかで、ちょっといただけなのにもうここに慣れてきていて、ここは私のリビングで、私の母さんは青島に友達と旅行に行っていて、私は母さんが旅行に行く前にあらかじめ中国のお金に両替しておいたお小遣いをあげ、お土産なんかいらないからおいしいものをいっぱい食べてきてと言い、私は銀行に勤めていて、今日は久しぶりの休暇を取っていて、母さんは機会があれば早く結婚しろと私に言い、私の中学校時代の友達は近くのワンルームマンションでプードルを飼っていて、プードルは私になつかないけど、私たちはときどき夜一緒に散歩しながらコーヒーを飲み、私は人生に大きな不満はないが……

——お母さん、青島からいつ帰ってくるんだっけ？
——日曜日に。
——青島って成都《チョンドゥ》？
——チョンドゥじゃないの？　チョンドかな？
——知らない。とにかくビールで有名なとこ、ビールがおいしいところだよね。

友達のプードルは歩いていて疲れると友達をじっと見つめ、友達は青島の話をしながら犬を抱き上げた。

龍頭山マンションから出ると、不動産屋の主人がマンションをあといくつか見せてあげようと言った。私はありがとうございますと答えながらどうしようと焦ったが、ほどなく電話が鳴り、彼はそれに出て、すまないが急ぎの契約で来る人がいるので、と言った。私は大丈夫ですと言い、もうちょっと考えてみて連絡すると言った。


――気に入りませんでしたか？

――いいえ、すごくいいんですけど、実際に見たら期待したほど日当たりがよくなかったので。

――あの程度なら日当たりはいい方だけどね？　あれはいい物件だよ。もっと日の入るとこは、もっと高いよ。

――ですよね？　やっぱり。

――そうだよ、もっと日当たりのいいとこはやっぱり高いんだ。でも、さっき見たところはすぐに決まっちゃいますよ。こういういい物件はさっさと決まるから。とにかく、連絡くださいね。

私は会釈して、彼は車を取りに行った。私は不動産屋の名刺を財布に入れて、何となく疲れたので近くのカフェに行ってコーヒーを飲んだ。知らない道と路地が、ドアを開ければ開く家々が、階段と屋上が私の背後に立って肩をつかみ、ちょっとー、と言うのだった、あなたはあなた自身が自分だと思っているような人間ではないよ、あなたはまだ自分の家がどこにあるのかわかっていないんだ　ここに行きなさいと私の手に鍵を握らせ、そして振り向きわが道を、誰かに新しいドアを開けてやるための道を通って帰ってしまうらしい。これがあなたの家の鍵だよ。この鍵を持ち、方向変換して歩いていきなさい。ドアを開けたら、初めて見るのにすぐになじんでしまう服や家具があなたを待っているんだよ。椅子に座ったら、初めて会うのにすぐに愛することになる人がドアを開けて入ってきて、あなたの額にキスをするだろう。あなたはその人生を生きなさいと。私は自分のものでも他人のものでもない鍵を見た。うろうろさまようにしても、歩きつづけるにしても、今夜は昨日泊まったホテルで寝るとわかっていたが、私の背後にあったはずの街が私のすぐ後ろに立って私の肩の上に手を乗せている。ホテルのドアを開けるとき、その手は私の肩をつかんで向きを変えさせるだろう。何となく体がコーヒーを受けつけなかったので柚子茶を注文し、甘くて温かいものを飲みながら、今日行くところ　明日行くところについて考え、地図で距離の確認までしたりやめたりした。市場で服を見物してウールのスラックスを一着買い、中央駅に向かって歩いた。

富原マンションには入り口が何か所もあった。横に長い形で、1―1、1―2といった具合に区画が分かれており、その区画ごとに入り口がある。大通りからマンションに向かって入っていくと駐車場の間に入り口が見え、入り口裏の階段を上っていくことができる。駐車場の前には警備員のおじさんがいて、遠く離れた入り口に行こうとすると、私を見た警備員のおじさんが笑いながら会釈した。私も会釈を返しながら、あなたは何者ですかと聞かれたら、あそこの銭湯にはどうやったら入れるんですかと聞き返そうと思って準備していたことを思い出した。彼は私にそんなことは尋ねず、入居者かそのお客だろうという表情でにこやかにあいさつし、頭を下げた。けれども、いつだろうと他の誰かにそう質問されたらやっぱり銭湯はどこにありますかと答えようと私は心に決めていたのだけど、もう安心しなさいよ、あなたは今、この世でいちばん怪しくない人に見えるだろうからと何度も自分に言ってやった。安心してもいいのです　あなたには誰かを苦しめたり問題を起こすような力も、影響力も、全然ありません。

　横長の、各戸が廊下でつながっているマンションは怖くない。私は、怖くて階段をちゃんと上れなかった小さいころのことを思い出した。いつも怯えながら一階ずつ上がっていき、走るようにして家に向かっていた。横長のマンションなら、誰かが急にぬっと出てきても横へ横へと逃げながら叫ぶことができるだろう。縦長の、共有の廊下のないマンションだと、怪物が現れてもドアが開かなかったら食べられてしまうかもしれないよね。でもここなら階段を上ってから横へ逃げられるし、また横の通路でも上り下りできる。怪物が現れても、横へ　上へ　下へ　また横へと逃げることができるだろう。中区の高齢者協会の事務所を通り過ぎ、世界平和統一家庭連合の看板の前を通り過ぎた。中区の高齢者協会の事務所からは本当に帽子をかぶった高齢者が二人出てきてドアを閉めた。釜山デパートと同じく、商社の事務所もいくつかあった。下を見おろすと警備員のおじさんが笑いながら他の入居者と話していた。エレベーターは見当たらず、エレベーターがあれば私も、ここは何階で最上階は何階なんだなと、もっと自然にわかるだろうけど、なければないなりに上っていけばいい。歩きながら後ろを振り向くと怖くて、横へ横へと走っていく小さい人、まだ人間みたいじゃない幼い人が通っていくみたいで、小さいときの私は階段をとってもとっても怖がりながら上っていったっけとそんなことを思いながら、横へ走っていく小さい人を応援し、どこかにちゃんとたどり着けるよ　絶対ちゃんとたどり着けるよとしっかり言ってやり、私は今はもう怖くないけど、若干は緊張した気持ちでまた階段を上っていった。階段を上るときに横を見ると隣の通路の階段が見え、今誰かが上っていったら、下りていったら、お互いの上り下りする姿がよく見えるだろう。次の階の入り口のドアには「ユースホステル」と紙にサインペンで書かれていた。ゴミを捨てる人を防犯カメラで監視しています、とも。さらに一階上ると、富原マンション再開発関連会議のお知らせが貼ってあった。会議の日付は昨日だった。私はしばらく、入居者として会議に出席することを想像してからやめた。着くのが一日遅かったという気がした。もし今日だったら入居者として出席できたような気がした。ここは七〇年代に建てられたマンションで、どれだけ多くの人が来ては去っていっただろう。そのときからここにずっと住んでいる人もいるのかな。意外に多いかもしれないと思った。私は上り、横に歩き、下を見おろしてまた上っていった。

しばらくしてチェ・ミョンファンも私の背中を垢すりしてくれて、彼は私に、歩き回って何をしてるのと尋ねた。私は、市場を見物して、ときどき聖堂*にも行くし、散歩をしたりすると言った。あなたは何をする人で、今日はなぜここにいるのかという質問に対応するため心の中でしっかり準備しておいたせいか、私は聞かれてもいないのに、今すぐ引っ越すわけではないけれど、住む家を探していると先に言った。彼は、じゃあ私の名刺ももらっといてよと言った。

——仕事、何してると言ってたっけ？
——会社員です。
——会社勤めだけ？
——会社にも行ってて、まあ、あれこれやってます。
——どんなことをやってるんですか？
——文章も書きますし。勉強もしようと思ってるんです。

彼は、見せてあげられる物件がいっぱいあると言った。外で服を着てくるから待っててと言った。ショートヘアで背の高い彼は、ベージュのニットスカートにグレーのストッキングをはいていた。私は丸裸の格好で彼に近づき、お湯でふやけた手で彼の名刺を受け取り、もう一度おじぎした。手にかけていた鍵でロッカーのドアを開け、彼が見ている前で名刺を財布に入れ、またドアを閉めてあいさつした。熱い方のお湯に浸かりながら、今日は名刺を二枚もらった日だなと思った。気がつくと他の人たちはみんな浴槽から出ていたりサウナの中にいたりして、今お風呂の中にいるのは私一人で、一人で熱いお湯に浸かったまま、天井から水が一滴ずつ落ちてくるのを、そのときその音が響くのを聞いていた。何ごとも起こらず、水滴だけが落ちてきて、次の水滴を待っていることに不思議なほどのサスペンスを感じた。次のシーンは何だろうと思いながら。

お風呂を出てハンバーガーとチキンを買ってホテルに帰ってきた。ハンバーガーの入った袋を胸に抱えて歩いた。冷めないでね　冷めないでね。温かくて、いい匂いがした。ホテルのドアを開けたとき、私はどこかで思いもよらないことが起きるだろう、そこにいたいと願った。服を脱ぎ、ガウンに着替え、前に見た映画をまた見ながらハンバーガーとチキンを食べた。振り向いて鏡を見ると、お風呂に入ったからか顔に艶があり、チキンを持って満足そうな顔をしていた。シャワーを浴び、しばらく浴槽に浸かってから立ち上がったら軽くめまいがして、一日に二度もお湯に体を浸すと意外と疲れるもんだな。髪を乾かして眠りについた。チェ・ミョンファンの名刺は、龍頭山マンションを見せてくれた不動産屋のオーナーの名刺と一緒に財布の中にあった。私は財布をテーブルの上のよく見えるところに置いておいた。ある人は彼の名前が女性の名前では

＊　韓国では一般に、カトリックは聖堂、プロテスタントは教会と呼び分ける。

ないと思うだろうし、名刺を見たら口に出してそう言うだろう。一方で、考えてみると多くの人の名前は、誰かがどこか上の高いところであらかじめ決めておいてくれたもののようにぴったり合っている。私たちが名前と人に同時に会うからなのか、私はチェ・ミョンファンと彼の名前がすごくよく合っていると、理由は説明しづらいが、合っていると思った。夢の中では二匹の犬が私を熱烈に愛していた。彼らは私のために留守宅を守り、ご飯を炊き、お金を稼いできた。一匹はダックスフントのような感じの犬で、彼は黙々と私のために用事をこなしていた。お金を稼いできて、室内の工事や設備関連などの大仕事を担当してくれた。仕事から帰ってくると黙ってご飯を作ってくれた。白いスピッツはダックスフントを手伝って私の用事を代わりにやってくれて、それとともに私の気持ちを察して慰めてくれた。布団を敷き、額に手を当ててくれた。その二匹はとても仲がよかった。私は彼らにめっぽう愛されていたが、彼らの愛とその告白を拒み、私にはこれじゃ足りないと思っていた。もっと大きくもっと確実な人間の愛が必要だと思っていた。それでも犬たちは私を理解してくれて、果てしなくてとめどない愛を捧げてくれた。私がそれでは足りないと思い、欲しいもの、手に入れたいものとはどこか食い違っていたとしても、私はそんな無限の愛が欲しかった。

起きてみると午前十一時半を過ぎていた。チェ・ミョンファンが私をどこかに売り飛ばしたりはしないよね　私に詐欺を働いたりはしないよね　私はいつも何か、ことが起きる方を選択しているみたいだけど、怖くなったらおとなしく家に帰ってくる自分自身を信じて彼に電話した。あの人の自然な積極性と、断固たるきっぱりした感じに興味があったのだ。

昨日不動産屋に寄ったせいか、行ったことのない場所のドアを開けてみたいという思いは続いていて、さらに強くなった。またもや近くの不動産屋に行って、中央駅近くのマンションを見たいと言った。不動産屋の主人は、大規模なところではなくワンルームがいいだろうと言い、駅の近くの新築ワンルームマンション二か所を見せてくれた。相対的に低廉だということ以外はソウルのと違っているわけではなかったが、たぶん都会のワンルームはだいたい似ているのだろう。でもマンションをあと一、二か所見たいと言うと、かなり歩かないと行けない高台にあるマンションを一か所見せてくれた。そこは今は誰も住んでいない空き物件だった。高台にあること以外は、価格も広さも気に入った。ホテルで寝起きして、自分の家じゃないところばかり見てくると、本当に昨日の人にもらった鍵を手に持ってるような気がしてきて、歩いていた足の向きを変え、次の家のドアを開け、私が慣れている笑い方で笑いかけてくれる人を待っているような気がしてきた。がらんとしたそこのどこにベッドを置きクローゼットを置こうか、一からお金をかけて壁紙と床を新調することを想像してみて、ベッドはその横のここに置くとか、造りつけの本棚とクローゼットを作るとか、本当に引越しをする人みたいにしばらく考えた。もうちょっと考えてみて連絡するとあいさつし、家々が階段のようなわずかな高低差でびっしり建ち並んだところを見おろした。まるでリスボンみたいだった　リスボンがまるで釜山みたいなのかな。

新しいことが始まるんだ

チェ・ミョンファンにまた会ったのは不動産屋だった。彼は中央駅の近くの不動産屋で、そこの主人とコーヒーを飲んでいた。二人は近くのベーカリーで買ってきたというパンを一緒に食べていた。チェ・ミョンファンよりは若く見える五十代初めの主人は、私が入っていくと、コーヒー飲みますか？　と聞き、コーヒーメーカーからカップにコーヒーを注いだ。チェ・ミョンファンは私を、銭湯で会った仲だと紹介した。そう、私たちは銭湯で会った仲で、それは何の関係もないという意味だけど、不思議と、すごく友情が篤いみたいに聞こえた。イチジクとオリーブが入ったパンを一緒に食べ、チェ・ミョンファンは賃貸に出しているところの状況を主人と一緒にチェックし、いつの間にそんなに大きくなったのと笑いながら不動産屋の主人の娘の話をし、大きくなったというその娘が孫娘を産んだという話になるとチェ・ミョンファンは驚き、主人はもう三歳だと言い、もうどこか部屋は見たんですかと主人に聞かれ、私は昨日龍頭山マンションを見たと言った。龍頭山マンションがとても気に入ったと言っておいて何だけど、でも私はそれほど広くなくてもよくてですね　中央駅近くの古いところでもいいし　でもあんまり坂を上るのはきついかもと思ってて……ところで、私の話は嘘っぽく聞こえるかな？　私は今、すごく不自然な話し方をする人になっているんだろうか？　私は緊張してだんだん口が渇く感じがしてきて、チョンセ*または買うことを考えていると最後につけ足した。

――私は物を書く人が好き。前、私の持ってる家に、釜山国際映画祭の仕事をしていた人が七年以上、十年くらいも住んでたんだよ。ソウルに引っ越した後もしばらくは部屋を借りたままにしていたの。今でも釜山に来たら、連絡とりあって会うんだよ。

チェ・ミョンファンはコーヒーごちそうさまと言って笑い、不動産屋を出た。私の友達も映画祭で働いてたんですよ。私は、あえて言うなら年末の休暇兼釜山に遊びに来ていると言うべきだろうけど、例えば道でたい焼きを買って食べてたら、たい焼きを売るおばさんに、トイレに行ってくるからちょっと機械を見ててと言われ、あ、はい、どうぞと機械を見ていてあげて、その後一週間たい焼きを売るとかそんな感じ。そして私はたい焼きの焼き方をいつ覚えたのか、この仕事にいつそんなに慣れたのかと思うほどタイミングをうまく見はからってあんこを入れ、たい焼きを引っくり返し、時間を正確に見はからって機械からたい焼きを取り出し、一個ずつ金網に載せておく。そしてそれを、お客さんが来るスピードに合わせて効率的に、正確に反復する。私は優しく笑いながらたい焼きを売り、私が熟練の技で焼き上げたたい焼きはおいしかったので、お客はずっとそのたい焼きを買いに来てて、私は材料を無駄にもしないし、いつもちゃんと売り上げを確保したので、本来のたい焼き屋のオーナーが向こうで誇らしげに親指を上げるのだ。私のことが自慢なんだなあ。

私はチェ・ミョンファンをいつからか先生と呼んでおり、チェ・ミョンファンは先生なんて何よとは言うものの訂正したりはしなかった。とにかく私は、社員でもないのに社長と呼ぶのも何だし、同様に代表と呼ぶのもぎこちないし、先生という呼称はそれに比べるといろいろと適切に思えて、以後、私は彼をほとんどの場合先生と呼んだので、便宜上チェ先生、または先生、ときにはチェ・ミョンファンと呼ぶことにしよう。チェ先生は私にまだリフォームを一度もやっていない、つまり竣工当時の状態に近い釜山デパートビルの中の物件一つと、何度かの内装の改修を経て最近もう一度リフォームを終えた釜山デパートビルの中の物件、そして同様に二、三回改修した富原マンションの内部を見せてくれた。

富原マンションは、大通りから入るのと、マンションの横にずーっと続いている階段を通って裏へ上がっていくのとではずいぶん感じが違っていた。大通りから駐車場を通って入る場合は一階から階が始まるので、住居に使っている部屋よりNGOやNPOの事務所の方が先に見えた。

＊　韓国特有の賃貸の方式で、入居時にまとまったお金を保証金として預け、その代わりに毎月の家賃が発生しないシステム。退去時に保証金は返ってくる。

階段を上って坂の上から入る場合は住居が先に見え、玄関のドアや雰囲気ははるかにマンションに近かった。部屋番号は七階から始まっていた。坂の上の側の入り口から入ると、一階上がっただけで八階で、二階分上がると九階になる。途中で別に入れるところがあるだろうか。途中で、他の建物とつながった、住所としては全く別の建物が出てきたとしても何だか驚きそうになかった。小さいときに見た外国のアニメや童話では家の中にネズミの家があり、屋根裏があり、壁の中に別の場所に通じる狭い通路があった。実際にそれを描いた人たちは、そういうことがあっても全然おかしくない、家が家につながり、廊下の真ん中で道に迷ったりするような場所に住んだことがあったんじゃないだろうか。

内部の改修を終えた富原マンションの中はきれいで、友達が住んでいるワンルームみたいに白で統一されたインテリアだった。誰も住んでいないので家具や荷物はないが、テーブルと電気ポット一つだけが残っていた。彼は食器棚からカップとインスタントコーヒーを取り出し、お湯を沸かしてコーヒーを淹れてくれた。彼は、チョンセでも貸せるけど、今はいろんな面で釜山でチョンセ入居者を募るのが適切ではないからと言い、月払いの家賃ならこれくらいかなと私が考えていた——ということは私も金額について考えてはいたのだ——金額の半分を口にした。本当ですか？　と思わず声が出たが、同時に私は今、少額詐欺の危機に直面しているのかな？　じゃないとしても、安いからってこの家が私に必要だろうか？　ちょっと違うみたいだけどなあと思いながら、とてもいい条件だけど、あと何日か釜山に泊まるのでもう少し考えたいと言った。二日間に三か所の不動産屋に行って、似たような言葉で話を始め、同じ言葉で会話を終えた。もちろん、そうなさい。彼はご飯でも食べようと言った。マンションを出る前に後ろを振り返ったとき、室内の空気が暖かく感じられ、空気は暖かい黄色、誰かが壁の後ろで、ほら、見てごらんと言っているような錯覚を起こさせた。ほら見てごらん。彼は私にカルグクスをごちそうしてくれて、私は彼にコーヒーをおごった。その日はたくさん歩いて疲れたので、すぐにホテルに帰ってシャワーを浴びて本を読んで早く寝た。そして二日後、ソウルに帰る列車に乗る前に、チェ先生が紹介してくれたその部屋の契約をすませた。

＊

毎日寝ていたユンミ姉さんが光州に行くと言い出したのは、家に来て二か月と少し経ったときだった。担任の先生はときどき、何もかもお見通しだという顔でスミを眺め、スミはそのときからこの人が全然怖くなくなり、ばかみたいだと思いはじめた。自分はお前を怖がらせることができるし、お前を傷つけることができると、生徒にむかってそんな態度を大っぴらに表すなんて本当に笑える。でも、笑えるのと同時にスミにはわかっていた。おかしな人間だけど、この人は本当に自分を傷つけることができるということがだ。イ・ジョンスク先生はある日スミを呼んで元気かと尋ね、トゥルグックァ*のカセットテープをプレゼントしてくれた。スミは相変わらず週末にはジョンスンと図書館で勉強し、本を読み、地下の売店でラーメンを食べた。

――光州に行ったことあるの？
――ううん、初めて。
――どうやって行くの？
――バスに乗るんだけど。
――行って何するの？　誰かいるの？
――誰かいるの。
――誰？
――誰だか、いるんだって。

姉さんは、一度も会ったことのない友達に会いに光州に行くと言った。おばあさんと母さんは聞くなりすぐに反対した。ユンミ姉さんは、おばあちゃんも知っている高校の友達と一緒に行くと言った。おばあさんは、結婚した友達をめったなことで呼び出すもんじゃないと言った。他の友達も一緒に行くと姉さんは言い、とにかく、頼むから今はやめなさいとおばあさんが言った。

スミが学校に行っている間に話がどう進んだのか、結局、姉さんと光州に一緒に行く人はスミに決まった。近所に、光州から釜山に嫁いできたおばさんがいたのだが、母さんはその人のお姉さんの家にスミとユンミ姉さんを泊めてもらう段取りをつけた。スミは、そのおばさんの故郷が光州だということをそのとき初めて知った。おばさんは釜山の言葉でしゃべるし、何をするにしても他のおばさんたちと違ったところがなかったから。スミは遠くへ行くことになったが、思ったほど嬉しくもなく、浮き浮きもしなかった。母さんは私を信用しすぎだとも思った。何だかどっちつかずなことは必ず私がやることになるような気がするんだけど、どうしてかな？　正直、ちょっと怖かったし、気持ちのほとんどは心配が占めていたし、少し期待もあったけど、ずっと姉さんと二人きりでいることを考えると、いたたまれなくて気が重かった。姉さんは毎日眠っていて、ときどき明け方に起きてトイレとの間を行ったり来たりし、ときおりスミが目を覚ますと、スミのそばで無防備な表情で寝ていた。だからスミはまだ姉さんと全然親しくなっていなかった。

学校から帰って机の前に座ると、家には他の家族は誰もおらず、姉さんは寝ていて、スミは午後のこの時間のことを　風が吹いていることや、雨が降っているとして雨がどんな音を立てて落ちているかを　こういう時間のことをときどき完全な形で思い出そうと決心した。そのことを書いたり、寝ころがって考えたりして、誰かが帰ってくるころになってようやく宿題を始めた。高

＊　一九八〇年代に若者に支持されたロックバンドで、「野菊」という意味。反体制的な歌を歌うことも多かった。

校生になったら何をしようか？　大学に行ったら、大人になったら何をしようか？　スミは静かに過ごしたくて、でも遠くへ行きたかった。一人でいたかったし、知らない人たちに囲まれてもいたかった。姉さんのことが嫌だとか面倒くさいわけではなかったが、姉さんがこれから他の人たちと同じように何かできるとは思えない。いつか私が遠くに行くことになって、やがて時が経って家に帰ってきても姉さんは眠っていそうだと、スミは思った。

土曜日になり、オリンピックという名前のついた高速道路を横切って、スミは姉さんと一緒に光州に向かった。姉さんはそれまで、外を歩けるのかと心配になるほど家でずっと寝てばかりだったが、バスの中では緊張したのか、爪をむしりながら前だけを見ていて、いつの間にか眠っていた。頭を窓にゴツン、ゴツンとぶつけ、頭を真ん中に戻し、いつの間にかまたゴツンと窓にぶつけた。頭が痛くないの？　かばんの中にはおばさんのお姉さんのだんなさんにあげる外国タバコと、家族にあげる練り物が、凍らせた水のびんと一緒に入っていた。姉さんは、自分と同じ名前の友達に会いに行くと言っていた。どうやって知り合った人なの？　手紙で知り合ったの。姉さんは高速の休憩所で吐き、スミはトイレに行ってきて、母さんがくれたお金でくるみまんじゅうを買って食べた。姉さんは人が多いところを怖がっており、だったら、私たちは水の中を泳いで魚のおなかに入るところだとかそんなふうに考えればいいよとか、もう半分まで来たよとかいう話はできなかった。バスに乗らなきゃ。もう戻らなきゃ。苦労してバスまで帰ってくると、お嬢さんたちのせいで出発できなかったときついことをいっぱい言われた。スミは、すみませんと頭を下げて席に座った。みんながじろじろ見るのが嫌で、ハンカチで顔を隠して寝たふりをした。姉さんは前を向いて目をぱちぱちさせていた。

バスターミナルにはおばさんのお姉さんであるスッチャおばさんが迎えに来ていた。頑張ってユンミ姉さんを連れてきて、ほんとにご苦労さんだったねと言われた。スッチャおばさんは親戚でも何でもないのに喜んで二人を迎えてくれた。スミとユンミ姉さんはまた市内バスに乗ってスッチャおばさんの家に向かった。木工所の前で降りて路地の中に入るとき、おばさんは木工所を目印に覚えておきなさいと言った。ここに印刷所の看板があって、そこから右にもう一度曲がるんだよ。家に着くとおばさんは小さな部屋のドアを開けてくれて、ここで寝なさいと教えてくれた。スミは母さんが用意してくれた練り物やいろいろなものを渡した。まあ、こんなものまで持ってきてくれてという話と、大変だったねという話と、前に釜山でお母さんに会ったことがある、お母さんは元気なのといった話をしてからおばさんはマクワウリをむいてくれた。おばさんはまずご飯を食べてから出かけなさいと言い、姉さんは小さな部屋でかばんを抱いて眠っていた。緊張が解けたせいか、スミもいつの間にかその横で眠ってしまい、おばさんにご飯食べなさいとドアを叩かれて、それでようやく二人は起きた。豚肉の入ったチゲと豆腐の煮つけを食べ、おばさんがまたマクワウリをむいてくれて、スミは、洗い物や何かをしますからと立ち上がったが、早く部屋で休みなさいと言われただけだった。明日はまた釜山に帰らなくてはならず、今は夏休みではないので月曜日にはまた学校に行かなければならず、ここはそんなに遠くではないけれど、スミはすごく遠くまで来たような気持ちだった。一瞬、もうずっと学校に戻れないような気がして、ここで永遠に暮らすことになりそうで、くらくらするような気持ちだった。

――あんた、着いたらまず家に電話しなきゃだめでしょ。
――うん、ちゃんと着いたよ。
――叔母ちゃんは何してる？
――寝てる。
――そこでも寝てるの？
――バスでも寝てたよ。
――そっちのおばさんにはちゃんとあいさつできた？
――ちゃんとしたよ。もう出かけないと。
――そう。明日また電話しなさいね。

姉さんは部屋で、手紙に書かれた略図を見ていた。刑務所の住所が書いてある手紙を持っているのを見ると、姉さんがどこにいたかを知ってはいても変な気分だった。反射的に、何でそんなものを出して見てるの？　と思い、何か言おうとしたが、どういうことなのと言おうとしたが、そんな気持ちもすぐ消えた。姉さんは何も気にしていないように見えた。差出人も受取り人もチョ・ユンミだった。光州の高校生チョ・ユンミは、ニュースを見て、釜山の大学生チョ・ユンミに手紙をくれたのだそうだ。

——今も高校生なの？

——ううん、もうすぐ会社に勤めることが決まってるんだけど。それまでしばらくパン屋で働くんだって。

もう少ししたら出かけますと言って二人は立ち上がった。スミは略図の中の建物の名前を言って、どうやって行くのか尋ねた。スッチャおばさんは、ここから遠くない、二十分くらいで行けるよと言って略図の横に木工所を描き、続けて、その建物と木工所がどうつながっているかを書き込んだ。木工所から高校が見えるところまでまっすぐ行って……と言いながらおばさんは姉さんの背中を撫でた。おばさんの小さくて固い手が撫でている姉さんのやせた背中は、それぞれすごく違っているようでいて、もちろん違う体だけれども、それぞれ違う性格の肉と骨が重ねられたところのように見えた。ユンミ姉さんは色白でやせた体だった。スミにはその瞬間、家では意識しなかったものがはっきりと見えた。スミは小さい部屋に行って略地図をもう一度確認した。夕ご飯前に帰ってきなさいという言葉が台所から聞こえてきた。立ち上がるともう暑く、それでも新しく買ったスニーカーをはいて知らない道を歩くことを思うと嬉しかった。ここは釜山とは違い、小さくて、どこか遅れている感じだったが、ものすごく違うわけではなかった。でも、あんまり違わないと思ってあたりを見るとスミが歩いている道は知らない道で、初めての道を何も知らないまま歩いているとますますわからないという気持ちになってくる。道で出会う人々はとても違う言葉を話していた。そのことにすごくびっくりしたし、ちょっと笑いそうになった。

　歩いていると遠くから白い建物が見えて、あそこが道庁*だということだった。ユンミ姉さんは、あの白い建物の近くに行ってみたいと言った。道庁の前には噴水があり、二人は噴水のまわりを歩いた。噴水の水は空中で粉々に砕け散り、とても遠くからでも噴水の水は見えただろう。スミは噴水に向かって、白い建物に向かって近づけば近づくほど、どこかから飛んできた冷たい水滴が腕に触れるのをはっきりと感じることができた。姉さんとスミは黙って噴水の周辺と道庁付近を歩いた。太陽は高いところにあり、めまいがした。スミはかばんから水を出して飲んだ。姉さんは飲まないと言った。姉さんは道庁に向かって一歩一歩慎重に足を運び、建物を正面から眺めた。スミは、そこには入れないみたいだなあと思いながら、ときどき背中の後ろに落ちる噴水の、軽い、小さな滴を浴びながら立っていた。黙って立っていたユンミ姉さんはしばらくして、もう行こうと言った。スミと姉さんは道庁を離れ、略図を確認しながら歩いた。光州のチョ・ユンミが住んでいるのは道庁の裏の教会だった。姉さんは教会に入り、女性生活館という建物に行った。姉さんはドアをたたき、誰も出てこなかったのでドアを開けて入った。

――どなたですか？
――ユンミさん、いらっしゃいますか？
――誰ですか？
――チョ・ユンミさんです。
――少々お待ちください。

姉さんは自分の名前を言ってその人を呼んでもらっていた。チョ・ユンミがチョ・ユンミに会いに来たと言ったとき、変な気持ちだっただろうな。隣の部屋からおかっぱで背の高い人が出てきた。開いたドアから見ると、寄宿舎のように大勢の人の場所が分かれていて、一か所に布団が敷いてあった。

――私、釜山に住んでいるチョ・ユンミといいます。

おかっぱのチョ・ユンミはびっくりして姉さんの手首をつかんだ。その人は姉さんの手首を握

＊ 光州を中心とする全羅南道《チョルラナムド》を管轄する官庁。光州事件の際に人々が立てこもった。

って立ちつくし、しばらくして、とりあえず出ましょうと言った。中で話すには部屋が狭すぎますから。二人のチョ・ユンミとスミは外に出た。二人のチョ・ユンミは手首を握り、握られたまま先を行き、スミは彼らについていった。十分ほど歩くとお茶も飲めるパン屋があり、そこに入った。姉さんはどこからお金をもらってきたのか、とにかくユンミ姉さんはお金を持っていた。姉さん、お金があるんだなあと、スミにとってはそのことが改めて驚きだった。スミにパンを選ぶように言い、スミが選んだクリームパンと牛乳を買ってくれた。二人のチョ・ユンミはジュースだけ飲んだ。パンを食べ終わったスミに姉さんが、ここの隣の書店に行っていてねと言い、それはこの一か月見てきた姉さんの姿の中でいちばん大人っぽいとスミは思った。状況を判断してスミに指示したのだから。二十八歳になったチョ・ユンミ、毎日寝ていて、ときどき寝ながら大声を出してはまた寝る正気ではないチョ・ユンミ。パンはいい匂いがして、クリームパンはおいしく、パンを作る人も売る人もみんなエプロンをして帽子をかぶっていた。姉さんは三時になったらまたここに来てと言った。立ち上がってパン屋を出て書店に行く途中、ふと、明け方早くバスターミナルに行ったことが、あそこで荷物を持って席を確認してバスに乗ったのがあまりにも遠いことのように感じられ、ここが光州なのか、どこへ行っても人はみんな似ていて、言葉遣いは変で、私の言葉も変なんだろうなと思いながら、スミは口をつぐんで書店に向かった。

書店で本を読みながら、私は子供じゃないし、私には全部わかっていて、それなのにある場所には入れないんだとスミは思った。新しいことが始まるんだ。人々は立って詩集を読んでいた。従業員は制服を着ており、誰かが私を見つめているとしたら　私に話しかけたら　私の正体を聞かれたら。お前が誰の家族で誰の子なのか、どんな悪いことをしたのか、お前の何がどれくらい悪く、それでも一方ではお前にどんな未来が広がっているのかと聞かれたら、スミは何も答えられず、わからないと首を横に振るだろう。だけどあなたの考えてるのとは全然違うんだと、口をつぐんだまま相手をにらむだろう。同じ名前の二人はどんな話をしているんだろう　後で聞くことができるだろうかとスミは思った。書店の中をあちこち転々として本をめくってみて、ページの中の文字は何であれ読むべきもののように見えたけれど、スミはそれを理解できず、でも、ときにはあまりにも完全に理解でき、だが、大部分を占めるページはただ漂っている文字みたいだった。

三時を過ぎてパン屋に行ったとき、光州のチョ・ユンミはもう帰ってしまっていなかった。姉さんはあたりの人たちに道を聞いて大学に向かったが、辛いのか、ときどき休んではまた歩いて二人は大学に着いた。二人は広いキャンパスの中を歩き、初夏の日がゆっくりと沈みかけており、キャンパス内の掲示板や壁には張り紙や垂れ幕がびっしりと並んでいた。スミは、変な行動をしたら真っ先に報告しろという担任の言葉を思い出し、その言葉が自分に話しかけてくるような気がした。こういうのが変な行動というわけだ。私は問い詰められたりするのかな。お前は先週末、チョ・ユンミとどこへ行き、何をしたのかと。スミはますます、自分がまた家に帰るということが信じられないほど遠いことのように思えてきて、光州のことはまだよくわかってなくて、ここが本当にその光州なんだろうかと……だんだんとそんな思いに体が引っ張られていったが、明日家に帰るのは当然のことだし、予定されている通りだと、心の底では信じていた。きっとそうなる。明日は家に帰ることになる。空が赤くなりはじめたとき、スミとユンミ姉さんは来た道を戻ってまたおばさんの家に行った。

スッチャおばさんは豚肉が入ったチゲといろんな種類のキムチと脂が乗ったサバの煮つけを作ってくれた。スミはお昼を食べなかったみたいに、クリームパンを食べなかったみたいにすごくよく食べた。ふだんはスプーンでご飯をすくうのも億劫そうな姉さんも、いつもよりたくさん食べた。姉さんはおばさんにありがとうとあいさつした。おばさんがまた姉さんの背中を撫でた。足に力が入らないやせたチョ・ユンミの体はすべすべで、だが長袖の服に隠れており、スッチャおばさんの手は太く、短く、しわがある。二つの体は違いすぎて、スミはそれが白いお餅の上にクルミが埋め込まれたところみたいだと思った。ご飯を食べておばさんとテレビを見て、体を洗って、小さい部屋に戻った。姉さんは疲れたのか、低いいびきをかいて眠っている。暗さに慣れると、チョ・ユンミという人の顔の輪郭が見えた。スミは布団を頭までかぶり、光州の人たちの言葉づかいは珍しく、噴水の水はきらきらしてて、クリームパンを食べて……そんなふうに今日見たものたちを挙げてみて、スミは眠りについた。

翌日の明け方、姉さんはスミを揺すって起こし、私ちょっと出かけてくるよ、お昼ご飯までには戻ってくるから心配しないでと言い、スミはうん、うんと答えてまた眠った。しばらく寝て、おばさんが水道の蛇口をひねる音で目が覚めた。おばさんがつけておいたテレビを見て朝ご飯を食べ、スモモを食べ、おばさんと一緒にポン菓子を作ってくれるところに行った。米とお餅を持っていき、でき上がった温かいポン菓子を両脇に抱えて帰ってきた。隣の家には大きな犬がいて、犬はスミに向かって大声で吠えた。お昼を食べた後も姉さんは戻ってこなくて、スミはなぜか突然涙が出てきて、門の前に立って泣いた。一日分の途方に暮れた感じと怖さが押し寄せてきた。姉さんはどこかで捕まったのかもしれないという思い　そうでなければ道端やベンチで寝ていて倒れて怪我をしたのかもしれないという思い　もしかしたら友達のチョ・ユンミと逃げたのだという思い　そんな思いがひっきりなしにやってきた。姉さんは三時近くになってやっと帰ってきた。私、またユンミに会ってきたんだ。

——何でそんなふうに黙って行動するの？

——そんなに怒ることないでしょ。

バスの時間が迫っていたので、スミはそれ以上怒れなかった。実際、そんなに怒るようなことではないと思った。だけど急にものすごく腹が立ったのだ。スミとユンミ姉さんは急いで荷物をまとめ、スッチャおばさんにあいさつした。

またおいで。いつでもおいで。わかった？

おばさんはまたユンミ姉さんの背中を撫で、肩をたたいた。二人は来るときに乗った市内バスに逆方向から乗り、市外バスターミナルに向かった。帰ってくるときはずっと寝ていて、その後は思い出すようなこともなかった。おばさんが、具の入らないおにぎりを海苔で巻いたのを持たせてくれて、目が覚めてそれを食べたらおいしかったことは覚えている。バスターミナルに父さんが迎えに来ていて、スミは疲れて家に着くとすぐに顔と手足を洗い、寝たらしい。週末に何をしたかと聞かれたら、家でテレビを見て宿題をしたって答えなさいと言われたが、誰に言われなくてもそうしただろう。朝は否応なく訪れ、学校に行く道を見ながら、なぜか以前のようにすべてをありありと覚えておきたいという気持ちにはならなかった。いいことはそのままよかったし、木の葉は青くて風に揺れており、スミはそれが嬉しく、いいことはいいままだったが、前みたいに生々しく心が揺さぶられることはなかった。それよりも疲れて、眠たく、昨日歩いた道、木工所に沿って入るスッチャおばさんの家に行く道や書店に行く道　噴水に行く道　あれらの道から抜け出すことができず、それらの道と目の前にある道がだんだん混ざっていくような気持ちになった。

その後ずっと忘れていた光州のチョ・ユンミについてまた考えることになったのは、何年かが過ぎてニュースを見ているときだった。姉さんと同じチョ・ユンミという名前の横のカッコ内には32と書いてあった。ニュースでは光州聴聞会*というものがずっと放送されていて、チョ・ユンミは自分が見たことを話していた。彼は光州で会ったときとは違って厳しい表情だった。何の疑いもなく、チョ・ユンミという名前だから同じ人だと思っていたが、考えてみると年齢も違うし顔も違っていた。でも名前だけは同じの、画面の中のチョ・ユンミは、人がどのように死んだか、自分の目の前で誰が死んだかを話した。そしてそこがどこだったのか説明した。チョ・ユンミの横に略図を描いたボードが置いてあった。人が死んだ場所に×印がついていた。

＊　民主化後の一九八八年に国会で開かれた、光州事件の真相究明に関する聴聞。

ドーナツ

ソウルにチョンセで借りている家があるのに、釜山の古いマンションも月払いで契約した。アパレルショップのオーナーに押しつけられて服を買うのとは比べものにもならないと思ったが、私は、月に一度釜山に行って原稿を書こう、それならいいじゃんというふうに考えをまとめようとした。すごく非経済的な決定だという思いと、何かやらかしちゃいたくて、それでやっちゃったことなんだからいいんだよという思いがからみ合い、しばらく頭が痛かったが、また釜山に行くために荷作りするころにはいつしか自然と、よくやったという方向に気持ちがまとまっていった。

ノートパソコンと服以外何も持ってきていなかったので、布団も近くの釜山鎮《プサンジン》市場で買ってきた。まだ住所も正確に言えないその家のドアを開けたら他の人が住んでいて、いや、それ以前に鍵が合わなくてドアさえ開かず、何度電話をしてもチェ・ミョンファンは出ず、その後、番号そのものがなくなり、不動産屋は廃業し……というようなことを想像して何度も心の準備をしたが、家は当然そのままで、テーブルの上の電気ポットもそのままだった。引き出しを開けたらインスタントコーヒーもそのままで、食器棚を開けたらカップ一個まで変わらずその場にあった。私は荷物もほどかずに電気ポットを洗い、お湯を沸かした。

　遅い時間に来たのでそのときはわからなかったが、何日か泊まってみると、隣の家では昼間ずっと讃美歌を歌ったり、キリスト教関連のラジオだか録音された説教だかがずっとかかっていた。私は壁にもたれて、隣から聞こえてくる預言のようなお言葉を聞いた。もしもここが刑務所で、私が閉じ込められているとしたら、本も持ってなくて、出ていくこともできず、聞こえてくるのがあの放送だけだとしたら、そして私にとってあの音声が光なら、とそんなふうに考えてみると、隣から聞こえてくる音が重要な予言のように聞こえた。ひどく気に障ったり苦痛な音と感じたりはせず、誰かにとっての予言なんだからと、ある程度認めて過ごせるようになった。私はいまだに構造が把握できないマンション一戸を自分のものにして、これからの私の未来を想像しようとしたが、突然こみ上げてくる、何かいいことをしたいという思い　どこかに入っていきたいという漠然とした思い　考えてみればどこかに入りはしたわけだった。そして讃美歌は続いていた、今この説教を聞いていらっしゃる皆さんの未来は天国を目指す道に連なるものです。窓から私に向かって光が降りてきて私の体の左側を照らし、この光が天国に向かう道なのだろうか、壁越しに予言のように聞こえてくる説教を聞きながら、ほんの一瞬、素直に信じちゃっていた。壁にもたれたままソウルから持ってきた本を少し読み、本を伏せてしばらく寝て起きて、書こうとし、少し書き、暗くなりはじめたころに家を出た。

　ドアを開けるとすぐそこに見える食堂「石器時代」で五香醬肉《オヒャンジャンユク》（五香粉を入れた豚肉の煮込み）を食べた。お客はみんな酒を飲んでいて、私は静かにテレビを見ながら食べた。五香醬肉はおいしかったが量が多いので残ってしまい、もったいないので持ち帰り用に包んでもらって席を立った。いつか友達が来たら一緒に五香醬肉と餃子を食べよう。どっちも残さず食べなきゃね。坂を下りて歩き、デパートの屋上に上って海を見た。デパートを出て海に向かって歩いた。人影の少ない道を海に沿って歩き、海風で髪が乱れたけれども、寒すぎはせず、久しぶりに家から電話がかかってきて、仕事は終わったの　家なの　夕ご飯は食べたの　と母さんに聞かれてどこにいるとは言えず、友達に会って夕食を食べていると言った。もう帰るところなんだよ。私はもう、家に帰るところ。まだ自分自身でもちゃんと受け止めきれていなかったが、私には釜山に家があった。

　何年か前、デパートができる前にこの近くのどこかを歩き回っているとき、何軒かの占いの店と古い刺身屋を見た。占いの店には、占いの店であることを示す古い旗が海風に翻っていて、古い、造りの粗末な建物はお互いに支え合ってしっかりくっついていた。私はコノシロの刺身を食べていて、向かいに座ったおじいさんたちは朝鮮戦争の話をしていた。あの人たちは本当に朝鮮戦争のことをはっきり覚えているんでしょうか　そんなことありえますか　そうだとしたら年齢が……そう思いながら海に沿って少し歩き、海風に吹かれて家に帰ってくると説教も讃美歌も聞こえてこなくて、私はボイラーをつけ、ボイラーの音がしばらくジーンと聞こえていた。その音は予定された信号みたいだった。今、この説教を聞いている皆さんの栄光に満ちた未来は、天国を目指す道に連なるものです。私は説教を聞きながら服を持って浴室に入った。シャワーを浴びて出てきて薄い布団の上に横になって眠り、寝ていると誰かがドアをノックする夢を見て、私は恐怖ですくみ上がったが逃げられず、でも何とか問題を解決し、克服したが、それからまた緊張しはじめ、それを反復するという悪夢にうなされた。明け方に起き、また寝ようとして頑張ってみたら眠れた。いつかの夢の中では、私は二匹の犬に熱烈に愛されていたのに。

朝、目を覚まして、昨日書き終えた部分を読んでみた。おなかがすいていて、水を飲んでまた横になった。十二月の初めで、ソウルに比べると暖かかった。それでも厚い布団をもう一枚買うべきか、加湿器を買うべきか、昨日は手洗いした下着を干して加湿器代わりにしたので大丈夫だと思う。服を着て顔を洗って出かけ、歩いた。龍頭山マンションの前を通るときは、この前あの中に入ったなと思ったけれど、ここを知っているというような、あるいは慣れているような感じは少しもなかった。むしろ、入ってみる前よりも知らないような、なじみのない感じだった。相変わらず売店の向こうに警備員のおじさんがいて、彼は私を見ていたので、入居者のふりをして上がっていくわけにはいかないだろう。アメリカ文化院に向かったが、建物の前のベンチに日差しが降り注いでおり、風は吹いているが太陽は出ていて、それなりにいい天気だった。

釜山アメリカ文化院は、現在は釜山近現代歴史館という名前で、一時は釜山アメリカンセンターという名前だった。この建物が一九九九年に米国政府から韓国政府に返還されたときの名前は、釜山アメリカンセンターだったそうだ。返還運動を報道する記事の写真を見ると、アメリカによるこの建物の無償占拠への批判やSOFA条約*への反対とともに、日本帝国主義による歴史の歪曲を糺《ただ》すべきだというプラカードも見えるが、それはこの建物の始まりが東洋拓殖株式会社釜山支店だったためだろう。ここは一九二九年に建設された西洋式の建物で、東洋拓殖株式会社釜山支店として使われ、解放後は釜山に進駐した米軍の宿舎として使用され、一九四九年から九六年までアメリカ文化院として使用された。九六年を昔と感じるか、しばらく前と感じるか、自分を軸として考えるとどっちもピンとこないみたいだ。ひょっとして九六年以前にこの建物に長く勤めていた人なら、別の感じ方があるかもしれない。建物の中に入り、釜山の近代史とアメリカ文化院の建物の歴史をたどりながら歩いた。六九年のここではアメリカの月面着陸を記念する展示会が開かれた。私はその展示を見に行った人々、ここで本を読み、本を借り、アメリカ留学について問い合わせた人々のことを思い浮かべてみて、彼らが指し示す未来というものがあるなら、その手招きにそのままついていってみたかった。

　釜山近現代歴史館の建物の階段を下りていくとき、小さな窓から隣の建物の看板が見えた。二階から一階に下りるときには占いの店が見え、その向こうに高麗人参の販売店の看板が見えた。古い建物だがよく管理されており、ここがかつて図書館と映画館と、またある時期には大使館を兼ねた場所だったことはあまり想像がつかなかったが、この場所を歩いていた、アメリカという

場所を　新しい世界を夢見た学生たちのことを思い浮かべ、彼らがどこへ散っていったかを考え、そこに火をつけた人々のことを想像した。彼らは八〇年五月に光州で起きたことに対する米国の責任を問い、アメリカ文化院に放火した。直接火をつけた四人の若い女性のうち一人は後に作家となり、何冊かの本も翻訳した。私は彼が翻訳した『ボブ・ディラン評伝』を図書館で借りて読んだことがある。それまではボブ・ディランに特に関心もなく、好きなのはニール・ヤングやレナード・コーエンで、訳者のあとがきを読むためだけに借りた本だったが、読んでみるとボブ・ディランという人がさまざまな面で興味深く、最後まで読むことになった。

ボブ・ディランは一九六二年の初春、『風に吹かれて　Blowin' in the Wind』を書き、彼は初演前に「これから歌うこの曲はプロテストソングではなく、その種の何物でもない。なぜなら私はプロテストソングを書かないからだ……ただ誰かのために、誰かから聞いたことを書くだけだ」と紹介した。その後ディランはキューバ危機に際して『はげしい雨が降る　A Hard Rain's A-Gonna Fall』を書く。そして、この曲の初演を聞きに「カーネギーホールに集まった聴衆はみな、『はげしい雨が降る』をキューバのミサイル危機に関する歌だと思った。カーネギーホールの聴衆はディランの新しい歌に感動し、何週間か後、本当にミサイルが発見されると驚愕した」。こ

＊　在韓米軍地位協定。米軍の駐屯に必要な施設と区域の提供、返還、警備及び維持などを定めたもの。

の部分を読んで、現在と未来について考える人たち　来たるべきものについて絶えず考え、現在にあってそれを飽きずに探し求める人々は、すでに未来を生きていると思った。絶えず時間を注視し、来たるべきものに没頭し、人々の顔から何かを読み取ろうとする人々は、来たるべきと信じるそのことを、練習を通してもう生きているのだと。ある時間たちは近づき、混じり合い、膨張してそこにあり、未来とは必ずしも次に起きることではないですし、過去とは必ずしも過ぎ去った時間ではないんです。私はこの本の翻訳者と、彼と共にアメリカ文化院に放火した人たちは、光州という事件の意味を絶え間なく自分に問いかけ、以後、時間というものの意味を自らに問い、そして自ら答えたのだろうと考えはじめた。同時に、八〇年五月に彼ら自身が光州にいたならばという仮定を何度も何度も反復したのだろうと思った。それから不意に、そうではないだろうと思った。彼らが反復したのは、そのとき彼らがそこにいたならばということではなく、そのときそこに誰かがいたという取り返しのつかない過去の事実だっただろう。けれども彼らは、アメリカが自らの責任を認めるという未来を練習したのかどうか、それを知るすべは私にはなかった。火をつけた後の時間を未来と考えたのかどうかもわからなかった。おそらく彼らは、そんな未来は考えていなかっただろう。彼らがどうだったのかは知りようがないが、結着をつけたり区切ってしまわないこと　その後について考えないことが必要なときがあるのかもしれない。それでもなぜだか、彼らが自ら新しい世界を信じて生き延び、何度も何度もくり返し、未来を現在に引き寄せようとしたのだろうという推測は続いた。

ボブ・ディランはこれから起きることを誰に聞いたのだろう。それは必然的に見え、わかり、耳に聞こえる物語だったのだろう。そして彼は自然に、知るに至ったこと、聞こえることを書きとめた。

アメリカ文化院に放火した彼らが同日、釜山市内にまいた声明文は次のようなものだった。

アメリカはもうこれ以上韓国を属国にせず、この地から退け。

我々の歴史を振り返れば、解放後現在に至るまで、韓国に対するアメリカの政策は一貫して経済収奪の手段だったことがわかる。いわゆる「友邦」という名目の下に、韓国の独占資本と結託し、買弁文化を形成することで、わが民族をして彼らの支配の論理に順応すべく強要してきた。我ら民衆の念願である民主化・社会改革・統一を実質的に拒否するファッショ軍部政権を支援し、民族分断を固定化した。

今こそ、わが民族の将来は我々自らが決断せねばならぬという信念を持って、この地を牛耳っている米国勢力を完全に排除するための反米闘争をたゆみなく展開しよう。まず、アメリカの文化の象徴である釜山アメリカ文化院を燃やすことによって反米闘争の松明《たいまつ》を掲げ、釜山市民に民

一九八二年三月十八日

族的自覚を訴える。

それとともに、このような文書もあった。

1 民主主義を求める光州市民を無残に虐殺した全斗煥《チョンドゥファン》ファッショ政権を打倒しよう。

2 全斗煥軍部政権は最後のあがきの中で兵器を購入し、すでに北朝鮮侵攻の準備を完了しており、同族どうしのさらなる殺し合いを夢見ている。

3 真の統一を望む民主市民を弾圧・拘束したまま、上べだけの統一政策によって国民をこれ以上欺くな。

4 韓日経済協力など、韓国経済を日本に隷属させる一切の経済交渉を直ちに中断せよ。

5 88オリンピックは韓国経済を完全に破綻させるものであるから、その準備を直ちに中断せよ。

6 労働者、農民、市民らはもはや悲惨な貧困の中で苦しんではいられない。

7 アメリカと日本はこれ以上韓国を属国とせず、この地から退け。

8 全斗煥ファッショ政権に阿《おもね》る官製マスコミ、御用知識人は自爆せよ。

9 卒業定員制、教授推薦制などによって大学をコントロールしようとする5・30教育政策*を直ちに撤廃せよ。

＊　一九八一年より行われた教育政策。卒業定員制は大学入試時に定員以上の新入生を選抜し、中途で超過分を脱落させ、卒業時に定員を合わせるもの。教授推薦制は大学生の就職活動において教授の推薦を制度化したもの。受験競争の過熱化を防ぎ勉学に集中させるためと謳われた。

事件直後、放火をした学生のうち何人かの出身校である高神大学は、次のような声明を発表した。

声明書

高神大学三十六年間の歴史の流れにおいて、神は常に我ら高神人を愛しておられたと確信しています。

先般の、「アメリカ文化院放火事件」にわが校の学生数人が関係していたという報道は胸を引き裂くような痛みをもたらしました。しかし、わが学生会はこの事件に全く関係しておらず、我々に疚《やま》しい点のないことを明確にしておきたいと思います。

現時点において、我々高神大関係者は謙虚な心と勇気をもって神の前にひざまずき、今回の教訓を通じていささかも動揺することなく、より一層学問と信仰に邁進します。

一九八二年三月三十日　高神大学総学生会長

わが民族の将来をわが民族が自ら決定するために人々が反復した未来と、謙虚な心と勇気をもって反復された天国の未来、祈りの時間。これら二つの未来は別々の場所に存在し、人々は二つの世界を行き来することができない。けれども、天国での未来を思い描く者たちだからこそ、民族の将来を思い描けたのかもしれない。宗教を持つことは、未来の練習という訓練を積もうとすることと大きな違いはないのだろうと思った。つまりそれは、誰よりも開かれた心で未来を受け入れるという覚悟なのだろう。彼らが手を触れ、反復した未来はどんなものだったのか考え直し、それを問い、また問い返し、答え、また問い返していけば、ここまで引き寄せてきた未来も、すでに起きた過去として、あるいは今生きている現在として信じることができるだろうか。

——88オリンピックは韓国経済を完全に破綻させるものであるから、その準備を直ちに中断せよ。

八二年に何度となく思い描かれた八八年と、88オリンピックについて考えた。我々が直面する課題はオリンピックなどではない。オリンピックは人々の住む場所をぶち壊すだろうし、貧しい人々のために使われるべきお金は競技場や道路に使われ、人々を欺き、隠し、ごまかし、分断するために使われるだろう。もちろん今になって88オリンピックを思えば、それは実に成功したオリンピックでしたよ。『上渓洞《サンゲドン》オリンピック』というドキュメンタリー*はあったよね　だけど歴史的に見たら大成功のオリンピックでした。世界はソウルへ　ソウルは世界へ（ソウルオリンピックのスローガン）。韓国は歴代最高の成績を記録し、冷戦の時代は過ぎ、平和を象徴する模範的なオリンピックとなりました。和合と前進　Harmony and progress　人々はみな手拍子を打ち、今も打っていて、ホドリ（ソウルオリンピックのキャラクターの虎）は笑い、輪回しの輪は転がり、そして鳩は飛んでいくのに。

八二年にアメリカ文化院に放火した彼らが反復した88オリンピックを思い出すと、誰もが知っている成功裡に終わった88オリンピックは、実際にみんなが見て経験したものではなく、どこかで他の誰かが反復して作り出した別の世界の未来のように思えた。そっちは現実ではなく、アメリカ文化院に放火した人々が反復した88オリンピックの方が私たちの直面する現実であり、未来であり、みんなが知っているオリンピックの方は「88ソウルオリンピック」というゲームであるみたいだった。ある人は途中で失敗し、負けた選手たちが泣くエンディングを見ただろうが、ま

＊　ソウルオリンピックに際してソウルの上渓洞で起きた住宅撤去と反対闘争を扱った映画。

たある人はしっかりとプレーを終えて鳩が飛び立つという成功ムードのエンディングを見ただろうし、そのゲームが好きな人たちが集まって記念コインを作ったり、ホドリが描かれたTシャツをおそろいで着たりもしたそうだ。私はそれがゲームの歴史の中でさっと紹介されているのを見たことがある。

家には昨日の残りの五香醬肉があった。それを食べてしまわなくちゃと思った。一緒に食べようと思ってテイクアウトの餃子を買いに行った。釜山には知り合いがいないけど、路上で歌を歌っている人二人と知り合いになった。一人はカメラ屋の前でギターを弾いている人で、もう一人は主にシャンソンを歌う人だった。私はその二人を知っているが、その二人がギターを弾いたり歌を歌う姿を知っているだけで、彼らが何をして食べていて、どんな人とつき合っているか、家族がいるかいないかは知らず、その二人が私を知ってるわけは当然なかった。彼らは歌を歌い、歌い終わるとギターとマイクを片づけ、歩いて、またはバスに乗るか車を運転して自分の家へ、一人暮らしの家は暗く、または家族が彼らを待っているのか、彼らはどこに帰るのだろうか。自分だけで知っていると思っている人たち。中央洞付近を歩いているとたまに、歌っている彼らに出会うかもと期待するようになるが、今日は二人とも会えずにマンションに帰ってきた。ソウルに戻る前に何か所か聖堂に行ってみようと思った。後で高神大学にも行ってみようと思ったが、ところで同じ店に毎日行っていたら　同じ街を毎日通っていたら　いつか私もその人を知ってて、その人も私を知っている、そんなことにもなるよね？　私はまず知り合いを作らなくちゃと思った。旅行用シャンプーと石鹸で入浴し、体を拭いて髪を乾かした。餃子と五香醤肉を食べた。おなかいっぱいになり、おいしかった。明日起きたら残った餃子を食べなくちゃ。たくさん歩いて疲れたせいか、横になるとすぐ眠ってしまい、寝たらもう目が覚めなかった。起きるときには何となく寒いと思って目が覚めた。朝の七時で、もう一度寝るのは無理で、テーブルの前に座って本を読んだ。今回持ってきた本はロベルト・ボラーニョの短篇集だった。読んでいるうちにふと、今は連絡の途絶えた友達が、この本の翻訳者と友達だと言っていたことを思い出した。アメリカのボラーニョ翻訳者と日本のボラーニョ翻訳者、イタリアやドイツ、そして韓国のボラーニョ翻訳者が一堂に会するとしたら、彼らはスペイン語で会話するんだろうか。まずは英語で最初のあいさつをすることになるだろうか。『２６６６』に出てくる翻訳者たちのように友情を分かち合い、秘密を分かち合うことができるだろうか。残った餃子を温めて食べてコーヒーまで飲むとようやく、本当に目が覚めたような気がした。私の予想ではたぶん、牧師の説教はお昼過ぎに始まるだろう。私は説教が聞こえてくるのが苦痛ではなかったが、他の入居者もそうであるわけはなく、だったら午前中早いうちから始めることはないだろうと思った。ところがそう思った矢先に讃美歌が始まり、それと共に私は今日も私を照らす光を見た。罪深い人間を祝福し、天国の未来について語る声を聞いた。隣に住む人に無慈悲なところがあるか、このマンションの住民が鈍感なんだろう。何となく二つめの理由のような気がする。廊下を通る人には会ったことがなく、足音が聞こえることも稀だった。でも今のところは、天国の声を聞くのが嫌ではなかった。ソウルの家だったら違うかもしれない。ここにいる私には、それはまるで別の世界で放送されているラジオの音みたいに感じられた。もう寝られないよね　本を読んで散歩しよう。

*

もう本当に夏だなと思った。木の葉の色が鮮やかになってきて、ユンミ姉さんはおばあさんと一緒に聖堂に通いはじめた。スミは、聖堂で眠ってもいいのかどうかが気になった。誰もいない部屋にひざまずき、頭を垂れ、両手を合わせて握り、お祈りをする真似をした。目を閉じて、聖堂にいるところだと想像してみると、何か言いなさい　あなたがやりたいことを言いなさい、とささやく声が聞こえてきて、スミは目を閉じて欲しいもののことを考えた。欲しいもの　やりたいこと。しばらく、欲しいもののことをつぶやいて、あ、と思ってお祈りしていた手を離して横になった。扇風機をつけて横になったまま制服を脱いだ。私の体はもうすっかり成長した体なんだろうか　私はこの体で何ができるのか。手で胸を集めて触り、腕を両側に伸ばした。腕には細かく鳥肌が立っていた。週末には図書館に行ってジョンスンと勉強をすることにしていた。

姉さんは聖堂に通い、少しずつ本も読みはじめた。ときどき、開いているドアの向こうに本を読んでいる姿が見えるときがあった。以前はいつも横になっていて、白い足の裏が顔みたいに見えていた。大きな白いユンミ姉さんの足。スミは姉さんの部屋に行き、姉さんの机に置かれたノートを開いて読んだ。細い罫のノートに青いペンでたくさんのことが書かれていた。いちばん最近書かれたのはこんなのだった。

——私を取り巻く大人たちが正しい人であってほしい、不正義から目をそむけない大人たちであってほしいと願っていた。今は、自分がそういう大人になれるよう努めなければと思うようになった。命を落とした人に懺悔したいという気持ちは、抑えようがない。遺族の痛みを分かち合える生き方をしなくてはと思う。彼らのために毎日祈りを捧げること。

姉さんはどんな大人のことを考えているのか、今までどんな大人たちに会ったのかを考えた。スミが知っている人たち、その中でもスミが知っている大人たちといったらせいぜい二十人ちょっとだろう。少し前までのスミは、彼らに対して何の失望も期待も持っていないと思っていたが、担任の顔を思い出すと不意に、本当は彼らがどういう人なのか全部知っているという気がした。私を怖がらせようとして、そのことが彼らを軽薄に見せているけど、私に優しくしようとする人たちもいて、その両方が、家に帰れば別人になるのだ。知らない大人たちに、私の知らない、私がすぐには正体を見抜けない人たちにスミは会いたかった。すてきな人たち　新しい大人たちに会いたかった。考えてみたら姉さんのこともよく知らないんだという気がする。姉さんを知りたいから姉さんともっと話がしたいというのではなかったが、それは姉さんがどんな人なのかもうすっかり知っているからではなかった。スミは姉さんがどんな人なのか、どんなことを考えているのかまるでわからず、姉さんの多くのことは、見当さえつかなかった。

姉さんの部屋を出て本を見に近所の書店に行った。問題集を見て、新しく出た雑誌を見て、お店の顔色を伺いながら漫画を読んで家に帰ってきた。聖堂から帰ってきた姉さんとおばあさんがドーナツを買ってきたので、一緒に食べた。コロッケとドーナツとねじりドーナツがあり、おばあさんの部屋にテーブルを出して、弟と姉さんと三人で食べた。おばあさんは一個だけ食べると銭湯に行くと言って出かけた。弟は漫画を読んでいて。

――聖堂で寝ちゃったらどうするの？

――え、なあに？

――急に人の集まるところに行って、眠くなることもあるんじゃない？

――うとうとしてる人たち、いるよ。みんな、眠いんだなって思って見てると思うけど……

――けど？

――後ろで誰か寝てたら、何て思うかなあ。眠れなかったのかなって思うかな。あの人、仕事をいっぱいして疲れてるんだな、それで寝てるんだって思うんでしょうね。

――それでいいの？　学校と違うね。

――違うよね。本当に違う。

あんこの入ったもち米のドーナツを食べるといい気持ち。甘くておいしい。

――私のためにもお祈りしてね。

――する、する。

――何てお祈りする？

――りっぱな、隣人のことを思いやれる大人になれますようにって。

――もっとかっこいいの、ないかな？

――そだね。あ。

――何？

――よく学ぶ大人になれますようにって、お祈りしてあげる。

――そうだね。それいいね。

姉さんは笑い、僕は、僕はと言いながら弟が走ってきて抱きついた。前歯がないねえ。歯茎の上に前歯が、白い前歯がほんのちょっとだけ出ていた。夜になると歯が痛いと泣く弟の髪の毛から、きな粉餅と落花生の匂いがした。私は大人になるだろう。たくさんのことを学び、船に乗って遠いところに行くだろう。スミは笑い、はしゃぎながらも何度もそう誓い、その瞬間は胸が熱くなり、わくわくした。

母さんが帰ってきて夕ご飯食べようと言い、スミと弟はあんなにドーナツを食べたことを忘れたみたいに、母さんが作ったすいとんをすごく食べた。煮干しの匂いが台所いっぱいに漂っていた。母さんは、今日は三食小麦粉でお米を食べなかったねと言い、スミは、それはそれで、すいとんはすいとんだよと答えた。カボチャと玉ねぎの入ったすいとんを大根キムチと一緒に食べ、雨音が聞こえてきたのでドアを開けると雨が降っていた。それですいとんが作りたかったのかなと母さんはつぶやき、スミは、雨が降ると遠くから誰かが自分に会いに来そうな　自分のことをよく理解している誰かが手紙を送ってきそうな　そんな漠然たる、でも確かな予感がして、ラジオではこの前映画館で上映が始まった映画を紹介していた。遠い都会で人が出会い、お互いがお互いの運命の人だと思っている二人が夜景の中を歩き、どうしようもない理由のために、あるいはそれぞれの未熟さや誤解のために別れるが、結局再び出会ってしまう話が良かった。それはまるで自分に起こることみたいだった。沐浴して勉強してラジオを聞いて、つまりこれが梅雨の始まりなんだなと思って眠りについた。

その翌年姉さんは大学に復学し、父さんは再就職した。スミの一家はまた蔚山に引っ越した。スミはもう、たくさんのことを忘れずにまるごと覚えていたいと思うことは徐々になくなっていった。スミは、目の前にあるものは何なのか、それをはっきり見たいと思うようになった。引っ越し先では、ジョンスンほどの仲よしはできなかった。スミは一生けんめい勉強し、自習室に通った。遠いところに何かがあるという思いだけは変わらなかった。夜にラジオを聞く以外にはやることがなく、学校と自習室を行き来して過ごした。話し相手がおらず、寝る前にときどき泣いた。ユンミ姉さんがどうしているかという話はときどき聞こえてきた。姉さんはもう体調がよくなり、元気に過ごしているということだった。

次に書くこと

私が釜山で初めて知り合った人はもちろんチェ・ミョンファンだ。チェ・ミョンファンは私の大家さんで、彼は女子商業高校を卒業した後、アメリカ文化院近くの貿易会社の経理係として働きはじめた。彼はお金を貯めて、また貯めて、さまざまな方法でそれを増やした。手早くお金を借りて家を購入してはローンを返し、そしてまたお金を貯めた。会社勤めをしながら、何かをどこかから持ってきて売り、家を担保にお金を借りてまた家を買い、その家の価格が上昇すると売り……それはみんなが知っているお金を貯めて増やす方法であり、私もそれを知らないわけではないけれど、当時のチェ・ミョンファンにはそれが可能で、私にはいまだに可能だったことがなく、今後も可能かどうか自信がなかった。とにかく彼は経理係として働き、秘書のいない小さな会社で秘書が担当するような仕事をした。そうやってさまざまなことを知っていったそうだ。

——私、毎日、経済紙を読んだからね。

——家を買いたいなら、私もちょっとはそういうの読まないといけませんね。

いつだったか、チェ・ミョンファンと並んで座ってコーヒーを飲みながら、お互いのこれまでの人生について話していた。チェ・ミョンファンに比べ、私には人生といえるほどの話はなかったが。彼と向き合っているとときどき、彼が過ごしてきた時間　彼がやってきたこと　持っているもの　取られたもの　できたこと　知らずにあるいは知っていてやってしまったこと、その中のいくつかは確かに暗いことであり、彼に向き合っていると、それらのものがあるエネルギーとなってみなぎっているように感じられた。私はそれが重かったり嫌だったりはしなかった。彼のエネルギーを受け止めるのがしんどいとか、疲れるわけでもなかった。この人には、流れている今日の時間、今の時間を水滴のように跳ね返らせる自分なりの時間の幕があり、それが彼を包んでいた。それを見ながら、ときには私は自分をそこに乗せ、ときには手を振って自分の道を行くことしかできなかった。

不動産屋で別れたチェ・ミョンファンにまた会ったのはチャイナタウンだった。彼は私に、釜山に来る日には連絡してねと言い、私はそれが本当に連絡しろという意味なのか、それとも形式的なあいさつなのかちょっと考えてしまったが、予定もなかったし、大きな用事もなかったので彼に電話した。私はまだ、銭湯で会った人が紹介してくれた家をほいほいと借りることになった経緯については、自分で決めたことなのに何か怪しいという感じがしていて、自分でも用心しなくちゃと思っていた、この人が私をだまそうとするんじゃないかと。私はお金もそんなにないのに、私から絞り取れるものなんてほとんどないはずなのにと思いながら、私たちは「一品香《イルプムヒャン》」のエビの唐揚げと五香醬肉を食べた。この人が悪い人でもこれはおいしいからまあいいんじゃないかとか、もしくは、ここで私がお金を払おうとするべきじゃないかとか、そんなことを思わないでもなかった。それもちょっとの間のことで、ほとんど何も考えず食べることに熱中してしまうほど料理はおいしかった。ただ黙って食べているだけの時間が流れ、彼は、家は大丈夫か、住んでみてどうかと尋ねた。私はまだ家に何もないので散歩と読書ばかりやっていられて嬉しいと言った。散歩にいい環境だし、別に問題はないですよ。

――私もこんど何か違うものをごちそうしたいです。

――じゃあ、ウイスキーをおごって。

チェ・ミョンファンは、高台に上ってお酒を飲んで、またゆっくり歩いて降りてきて、酔いを覚ますのがいいなと言った。まだ昼間で、観光客はチャイナタウンに集まっている中国料理店を探し、行列して店に入り、注文してご飯を食べて写真を撮って笑っていた。私は観光客ではないけれど、観光客といえばいいのか出張者というべきか、みたいな気持ちで次にやることについて考えていた。とはいっても釜山に来たんだから、今日は集中して何か書こうか、日記になるか小説になるか……それとも持ってきた本を集中して読むとか、何かを、やろう。今日頑張ったら、明日はお酒を飲んでも軽い気分でいられるだろう。

——私、あさってソウルに帰るので、明日はどうですか？
——じゃあ私が予約しておくね。夕ご飯をすませて八時に会うことにしましょう。

チェ・ミョンファンは、近くに事務所があるからそこでコーヒーを飲もうと言った。中央洞の大通り沿いに彼の事務所はあり、その建物は幅が狭くて古かったが、すっきりして端正な感じだった。事務所は小さくて居心地が良かった。広いオフィス用テーブル一つと客用ソファーとローテーブル一つが入ってぎっしりの空間だった。チェ・ミョンファンはコーヒーを淹れ、カップを渡す指には指ロザリオをしていた。きれいな指輪ですね。私は洗礼名を聞き、どこの聖堂に通っているのかと尋ねた。彼は外国の名前を言い、影島のカトリックの聖堂に通っていると言った。

——聖堂はもっと近くにもあるんじゃないですか？　通りすがりに見た気がするけど。
——うん、近くにもあります。前、そこにずっと行ってて、今も通ってるの。

ショートヘアのチェ・ミョンファンは軽く髪を手で梳《す》いて、じゃあ、明日会いましょうと言った。はい。私、頑張って何かをやってみますね。集中ということ　または没頭ということ　チャレンジや努力ということをやってみます。その日はおなかがいっぱいになったので、近くを歩いてマンションに戻った。釜山タワーはどこにいても私についてくるみたいだ。中央洞を歩くとコモドホテルが私についてくるみたいだ。道を渡ると海が迫ってきて私に巻きつき、お前はいずれ、こんなふうに歩いていて消えることになるよ　消えるんじゃなくて、他になすすべもないように寝てしまうだろうと言っているようだった。寝たらどうなるんです？　目を覚ますと次の日になっていて、また歩いて、お前はそれを反復することになる。一体、どこでですか？　私にとってはそのことが重要だった。

南浦洞を歩いていて中央聖堂の前に立ったとき、ふと、中に入ってみたくなった。すごく小さいころ、私が住んでいた家の近くに聖堂があった。そこの建物は当時、私の身近にあった古い建物とは違っていた。赤レンガは古かったが、古くさいとかみすぼらしいのではなく、私はそれを美しいと思った。もしかしたら私はその中で時間をつぶしたり、遊んでいたのかもしれない。その後、ヨーロッパ旅行で聖堂に入ったのと明洞《ミョンドン》聖堂*の中に入ったのを除き、聖堂の中に入るのは初めてだった。緊張した気持ちでそっとドアを開けて入り、いちばん後ろの席に座った。ステンドグラスを通過した光は床に赤や黄色の影を作り、銅のピエタ像は私と目を合わせず、オルガン演奏の録音が途切れてはまた始まった。座っていた三人と、しばらくして静かに入ってきた二人は手を合わせて祈っており、私は目を閉じ、手を重ねて太ももの上に置いた。静かに何かを、自分自身について考えてみようとし、そうやっていたら自分の望んでいるものが何なのかわかるようになるかもと思った。私は何を祈るべきかしばらく考え、私は私のためであっても祈りたくないと感じ、でも、しばらく他の人になるとしたら、釜山で暮らし、この近くの会社で働き、中央聖堂に通っている人だとしたら、そういう人だったら何を祈るだろう。その人はあなたのように子供がなく、夫がなく、仕事をして一人暮らしをしており、大きな希望はないが大きな不満もない。でも、あなたよりたくさん働き、神を信じ、どんなに重要な瞬間でも献身的で、彼らを助けようとするだろう。彼は、私が他人に与えたような決定的な傷を与えないだろうし、しかし私がしなかった大きな後悔をしなければならないだろう。私たちは向かい合って座り、お互いの秘密を打ち明けることはできず、彼は私を冷たくて薄情だと思うだろうし、もしかしたら私は彼にがまんできないかもしれない。でも、私たちが本当に向き合うことができるなら、お互いの手を見つめていた顔を上げて向き合うなら、そのとき私たちには言えることが何もないだろうか。そうではないだろう。

＊　ソウルの明洞に位置する韓国最古のカトリック教会で、韓国カトリック界の精神的シンボル。民主化運動とも深いかかわりがある。

先に座っていた三人のうち一人は静かに立ち上がり、ドアをそっと閉めて出ていった。座っている人々の静かな祈りは続き、私は、私と似ているけれども何かがとても違う彼が、今は会えない友達のように懐かしかった。ソウルを歩いていて、そういう存在が私に向かってやってくると感じることは稀だったが、釜山では、そういう人たちがどこかに何人かは生きているはずだと思い、背後に、横断歩道を渡ったところに、彼らを生き生きと感じるときがあった。

静かにドアを閉めて出てきたとき、午後の太陽は鮮明で、下に下りていくエレベーターの中でチェ先生との会話が思い浮かんだ。彼の洗礼名はマルタだそうだ。料理をしてくれる聖女、人に食べさせる聖女なんだって。私は彼が食べさせてくれたカルグクスやパンや何杯ものコーヒー、揚げた海老やキュウリを思い出した。それから他に、何食べたっけ。もっとたくさんのものが、もっとたくさんの食べものが私たちを取り巻いていると、なぜだか私は知っていた。彼は私にもっとたくさんのものを食べさせ、私たちはもっとたくさんの食卓で会うだろう。その瞬間なぜか、そんなことが見えた。こんどは私が食べるものを、おいしいものを、私たちに食べられ、私たちを養ってくれるものをごちそうしなきゃと思いながら歩いた。市場でカルグクスを食べ、もう少し歩いて、以前から前を通るたび入ってみたいと思っていたカフェに行き、コーヒーを飲みながら本を読んだ。もう少し歩いて明日の朝食べるパンを買って家に帰った。沈みかけた太陽が空を徐々に赤く染め、私と似た彼は仕事帰りにこの光の中を、この闇の中を一緒に歩くだろう。彼は私とどこで別れるのか、どこで行き違いになるか、もしかしたら私の隣に住んでいるかもしれない彼にあいさつしながら家に帰ってきた。ソウルで出勤したら片づけるべき問題があるのを思い出したが、昨日今日はそのことが全く頭に浮上せず、場所を変えると意外と多くのことが変わるんだと思った。家に帰ってテーブルの前に座ったとき、テレビはいらないけど新聞はあってもいいなとぼんやり思い、明日の朝は新聞を買ってこようと思いながらシャワーを浴びて本を読んで寝た。

朝はコーヒーを飲んで昨日買ったパンを少し食べ、家の近くのコンビニで新聞を買った。ときどき記事を読んでいた全国紙一部と釜山の地方紙を一部買った。釜山の地方紙にはコモドホテルの社長のインタビューが載っていた。コモドホテルは、いつも遠くからばかり見ているせいか、私にとっては釜山タワーみたいに遠くて高い感じのする建物だったが、そのくせ、坂を歩いているとときどき肩の後ろあたりから急に登場するときがあった。そのせいか私にとっては、意識はしているけど現実感のない建物だった。でも今日、ホテルを経営する社長のインタビューを読んでみたら、前よりは具体的な実体として近づいてきた。社長は、女性なので認めてもらえなかったり、辛いときもあったが、困難を乗り越えて頑張っていると話していた。さらに、コモドホテルでは特に料理に心をこめており、常に新鮮なよい食材を仕入れていると言っていた。どんなホテルか気になり、いつか泊まってみようかと思ったが、あれ、私は釜山に家のある人なのに何でホテルなの。え、でもソウルでもたまにはホテルに泊まることもあるじゃない　いや　当分はだめだよ、だめだよと思いながら新聞をめくった。テーブルを窓の下にぴったりくっつけておいたせいかテーブルの上に日差しが入ってきて、新聞の半分が照らされていた。二種類の新聞をだいたい見終わると讃美歌が始まり、昨日入ったときに見たのだが、お隣の家では小さな菱形がつながった形の鉄の面格子が廊下側に設置されていた。讃美歌を三曲歌った後、説教が始まった。適当に服を着て出かけ、歩いて、チャイナタウンの食堂で、温かい豆乳と揚げパンを買って食べた。お昼までおなかがすきそうにない。豆乳は全部飲みきれず残したが、それでも普段よりたくさん飲んだ。私はもう食べものを残すのが嫌だった。

家に帰ると説教が終わり、信仰相談が聞こえてきた。こんどは女性司会者が古風な感じの落ち着いた声で相談内容を読み、答えていた。鍵でドアを開けてドアノブを回したとき、その瞬間、その司会者に強烈に頼りたくなり、私の悩みはこのまま私の人生が変わらないだろうということなんですと、私さえも思いつかなかった私の悩みがかすれ声になって聞こえてきた。ドアをロックして服を着替え、お湯を沸かしているとある瞬間にそんな感情や声は消え、今夜の約束の前にやるべきことをやっておかなくちゃという思いだけだった。まだ何ページも読んでいない本を持ってテーブルの前に座った。何かちょっと書いたりもして、おなかがすくと昨日買ったパンを食べた。三十分ほど昼寝をして起き、本を読み終えた。誰かに手紙を書きたい気もした。例えば読んでいる本の翻訳者に。あなたが翻訳したこの作家の本を全部探して読みました。一冊を除いては訳者あとがきがないんですね。私はあなたの訳者あとがきを読み、作家と作品を理解する上でそれがとても役に立ちました。本当にありがとうございます。私は、今後あなたが翻訳をするたびに訳者あとがきを書いてほしいです。私は今どこにいるかというと、しばらくソウルの家を離れて釜山にいるんですが……。

——今どこ？
——マンションです。部屋にいます。
——八時に迎えに行けばいいかな。この前会った不動産屋さんの前に出ててくれます？
——はい、そうします。
——歩きやすい靴、はいてきてね。

そういえば、今回来るときに持ってきた服とこの前持ってきたパジャマ以外には、服も靴も持ってきていない。あるときから安心して荷物をどんどん増やしてしまうだろうけど、まだ何が起こるかわからないので怖いのかもしれない。本をもう少し読み、服を着て忠武《チュンム》キンパ（具の入っていないミニサイズの海苔巻き）を買って食べ、コーヒーを飲み、少し歩いて八時に不動産屋の前に行った。チェ先生はネイビーのキルティングのコートにグレーのショールを巻いていた。黒いブーツがきれいで、あんなのはいてみたいなと思いながらあいさつした。

——すてきですね？
——そうかな。いつもとおんなじだと思うけど？

彼は笑いながら先に立って歩いた。あまり寒くないから歩こうかと思ったけど、やっぱり大変だから車で行こうと言った。先生の隣の席に座ってシートベルトを締めるときも、私たちはどうしてこんなにすぐに、いや、私は何でこんなに待ちかねていたみたいにこの人の言う通りにするんだろ。私をどこかに引っ張ってって売り飛ばさないかな　後部座席に誰かが隠れていて私の首にナイフを突きつけないかな。そのことを意識したわけではないけど私は、こんど友達が釜山に遊びに来ることになっていて、今日行くところにも友達が連れて行ってほしいと言っていたと言い、私が今日どこへ行くかを私の周囲の人々が知っていることをほのめかした。

——そう、友達が来るの、いいわねえ。
——そうなんです。

難しくて長い名前のマンションの前を通り過ぎ、夜の街路樹は、あなたは別の人生の真っただ中を目指して歩いていると言っており、春になるとこのあたりには桜が咲くという話を聞いたが、花が咲かなくても十分にいいですよ。私は本当にそう思った。先生は駐車して、車のドアを閉めて振り向いた。あなた、お酒強い？　たくさんは飲めません。バーのマスターもチェ先生をチェ先生と呼び、彼は左側のカウンター席に私たちを案内した。私たちはマスターがお勧めしてくれた通りに四杯ずつ飲んだ。マスターは一杯ごとに親切にお酒の説明をしてくれて、全部おいしいお酒だった。少々酔ったが気持ちよくふらふらする程度で、飲み終わって立ち上がったとき、雨が降ったのか店の外は濡れていた。トイレに行って戻ってきたらまたチェ先生が支払いを終えていて、私は、お返しをどうしようか、何か買おうかと思ったが、とりあえずいい気持ちで、濡れた水の匂いと雨の匂いと落ち葉が混ざって永遠に歩きたい気分にさせた。

——車は置いていくんですか？

——あ　私たち親しいから。後であの人が乗ってきてくれるよ。

私と先生は雨に濡れた下り坂を歩き、ある家ではサックスの練習をしていて、猫たちは塀の上から私たちを見おろしていた。その夜は先生の家に行ったが、もちろん私の家もある意味では先生の家だから、わざわざ先生の家というのはおかしいかもしれない。座ってお茶を飲んで話をしていたら体を起こしておくのが面倒になり、彼がパジャマと歯ブラシを出してくれた。私たちはシャワーを浴びてまたお茶を飲み、徐々に酔いが覚め、ブラックチョコレートを食べながら、さっきテレビで始まった映画を見はじめた。

映画と映画の間のCMは長く、私はその監督の他の映画を見たことがあると言い、映画のあらすじを説明しようとしたが、すでに見たことのある映画の内容を正確に説明するのは思ったより難しいということをそのとき知った。これこれこういうことが起きるそんな映画ですよ、と大づかみに話そうとしたのだが、最初でつっかえると説明が長くなり、えーと誰だったっけ、それで、その次はね……と話の筋が錯綜してうまくまとめられない。映画の登場人物たちは、行き止まりの路地の前に立っていたり、通りすがりの人と一緒に消えたり、目に止まったレストランに入ったまま出てこなかったりした。CMは間もなく終わり、そんなふうに話をごまかしていると映画がまた始まった。お茶を飲みながら集中して映画を見て、次のCMのあたりでまた歯を磨き、その後も見つづけ、いつの間にか眠くなった。だけど、もしも私があの映画の内容をでっち上げていたとしたら。それであの女性はどうしたかっていうと……と、私が見たのとは全然違うことを言ったとしたら……と考えてみる。チェ先生はいつごろ、それは存在しない映画で、私のでっち上げた嘘だと気づくだろうか。何の得にもならない嘘をつく信頼できない人と思うだろうか、それともちょっと面白い人と思うかな。

チェ先生はシングルベッドと古い本が置いてある小さな部屋を使わせてくれた。少し本を読もうかと思ったが、携帯電話をチェックして寝てしまった。チェ先生と一緒にお酒を飲んだことまでは友達に言ったけど、大家さんの家に泊まるのはやっぱりちょっと変かもと思う。布団を頭のてっぺんまでかけて、明日は何をしようか、眠れなかったらどうしようと思っているうちにいつの間にか眠ってしまい、夢を見たのだが、そこでは、私が説明に苦労した映画の男性主人公が私の友達と一緒にカフェテリアみたいなところでご飯を食べていた。その俳優は私と親しい仲だったが、その瞬間なぜだか私は自分が彼を見たという事実を隠したくて、きびすを返してそこを出た。私のそばには私の夫という、誰だかは知らないけど夢の中で夫と設定された人がいて、私は私に夫がいるという事実をその俳優に知られたくなかったのだ。夫はいつの間にか消えてしまったが、その俳優をずっと意識しながら私は道を歩いていた。彼はなぜ私の友達と一緒にご飯を食べていたんだろう。私の友達はどうやって彼と知り合い、二人はなぜ親しそうに見えたんだろう。正直ではなかった自分への恥ずかしさと、それでも感じる彼への恋しさ、友達への嫉妬が入り混じって私は複雑で辛い気持ちだった。夢から覚めて携帯のメモ帳に「次に書くこと——不倫」と書いてまた寝た。

私が見ながら寝てしまった映画がその後どう進行したか、朝、チェ先生とパンを食べながら聞いた。私たちはコーヒーとパン、チーズとリンゴを食べていた。チェ先生は私とは逆に、二人にどんなことが起きたかを順序立てて詳しく話してくれた。主人公の男はいい人だが、まわりの人を助けるために自分の時間とお金の多くを使ってしまう人だった。彼は有望なアスリートとしての過去を、それはもう過去のことなのに、まだ心の中で生々しく大事にしており、ときにはそれが彼の弱点だった。彼の恋人であり、有能な会社員である女は、自分の能力を理解し、尊重してくれた元上司の連絡を待っている。もしかしたらその女は、他の職場、他の仕事を見つけて彼のもとを離れることもできたのだろう。だがそうはしなかった。自分の能力をそのまま認めて受け入れてくれた人の下で働きたかったのだ。女には能力があり、新しい仕事、任された仕事のすべてをしっかり処理できる人であり、事業を立ち上げる計画もあったが、心の隅では、自分のいちばん得意なのは誰かを助け、その人が計画をうまく展開できるように支えることだと思っていた。

——そういう面で、私、あの人のこと本当に理解できる。

——先生は事業をやってるじゃないですか。

——結局はあの女の人も事業をやることになるのかな？　そうなりそうな気がするけど。でも、その上司の管轄する支店の一つを引き受けたりするんじゃないかな。そんなふうに信頼できて仕事を任せられる人って、本当に珍しいからね。

女は妹の面倒を見ており、母親と父親の世話をしている。家で何か急を要することがあれば、銀行からお金を借りて持っていってやる。妹は不良というか、とにかく夜、徒党を組んで群れている青年たちと遊んでおり、女は彼らともつき合いがある。妹は同じ年ごろの仲間たちと空きビルで過ごしていて、ビルの屋上からは大きな電光掲示板が見えた。手を伸ばしても電光掲示板に触れることはできないが、写真を撮ったら、電光掲示板の前で撮ったように見えるだろう。私は昨夜見て寝てしまった映画の中の都会の風景を頭の中に思い描いてみた。私は摩天楼という言葉に　高架道路という言葉に　そういった単語たちが運んでくるすがすがしい空気にごく小さいときから憧れてきたことを思い出した。摩天楼という言葉はもう使われないみたいだけど、昨日見た映画の中なら自然に使えそうだった。みんな、摩天楼の下を歩きながら憂鬱な表情をしていても、心の奥底では未来をひたすら明るいもののように思っているのだろう。

先生は、次に釜山に来るとき時間があったら必ずまた連絡してねと言った。必ず、また。私は、次はほんとに私が何かごちそうしますからと答えた。私、おごっていただいてばっかりいるみたい、本当にありがとうございます。何度も頭を下げ、ドアを閉めてマンションを出たとき、この道をこう下りてきて、曲がって、上って、右側にはまだ工事中のビルがあり、向かいに銀行の看板が見えるということを、どうしてなのか集中して頭に刻み込んでいた。近所を少し歩き、家に帰ってざっと掃除をして、残ったパンをかばんに入れ、ゴミを出しておいた。映画の中の女は男を深く愛していて、二人で作っていく未来を夢見るが、男も同じことを夢見ているのかどうかはわからない。チェ・ミョンファンは女と妹がその前に立っていたあの電光掲示板が、東京の銀座の真ん中にある電光掲示板みたいだと言った。銀座にもほんとにあれそっくりの電光掲示板があるよ。私は大田駅近くにあるソウル牛乳の大きな電光掲示板と、鐘閣《チョンガク》駅近くのパイロット万年筆の電光掲示板を思い出した。あれとこれは似ているが、実は似ていない。ソウルの家では留守にするときもボイラーをつけっ放しだが、釜山はその必要がないのがよかった。またここに戻ってくるときは少しは寒いだろうけど、がまんできるくらいになっているだろう。ドアを閉め、施錠して外に出たとき私は、昨夜私が見て、今朝チェ先生が聞かせてくれた映画の中の女みたいに堂々とした姿勢をしており、でもある瞬間には寂しそうな目をして歩き、また歩き。だけどチェ先生は、自分はあの女の人みたいには家族の面倒は見なかったと言っていた。面倒を見なかったわけではないけど、こうしてくれって言う通りにしてあげなかったし、もっとできたけど、やらなかったと言った。

——だから嫌われたんだ。私、本当に、すごく嫌われたことがあってね。

——今は大丈夫ですか？

——母は去年亡くなって。だから両親二人とも亡くなったの。それで、家族とあまり会わないの。

お金を貯めて　また貯めて　稼いで　貯めて　一人でお金を貯めて嫌われたチェ・ミョンファン。私が釜山で初めて知り合った人はチェ・ミョンファンで、いちばんよく会った人もチェ・ミョンファンだった。先回と同じく、今週も新しい人には出会えなかった。バーのマスターに会って話もしたけれど、私は明るいところで彼に会っても彼だと見分けがつく自信がなかった。新しい人には出会えなかったけど、自分のことをまるで違う人のように思いながら歩いた。そんなふうに、私と似ているけど私ではない人々を恋しく思いながら、間もなく消えてしまう人々に自分がなったみたいに思いながら歩き、私はそんなふうに生きてきたという思い、でも私にとってはいつでもそれが、ときにはそれだけが生き生きしていた。列車に乗る前にクッパ屋でゆで豚定食を食べた。おいしくて、にんにくと玉ねぎを生のままよく嚙んで食べた。おなかがいっぱいになると明日出勤する準備ができた。実は準備もなく自信もなかったのだが、ああ、もう行かなきゃだね、行きましょうの気持ちになり、コーヒーを買って列車に乗った。二日前に買って残っていたパンも食べた。私が知り合いになりそうな大勢の人たちがいた。彼らは自分の仕事を口に入れていて、ときどき唾を集めて飲み込んでいた。飲み込めなければ辛そうな表情で歩き、水を飲んだ。それからご飯を食べ、コーヒーを飲み、話をして家に帰っていった。私はときどき、昔のようなやり方で音楽を聴きたいと思う。静かなところでプレーヤーにレコードを載せ、目を閉じて音に集中するやり方でだ。私は私が知り合いになりそうな人のうち一人か二人は、そんなやり方で音楽を聴いているだろうと思った。携帯のメモアプリにはこんなことが書かれていた。

次に書くもの

1　不倫もの

2　犯罪を犯した人――探偵たちと一緒に更生

ソウルの家に帰り、シャワーを浴びて本を読んで寝た。釜山での時間は夏の終わりの午後のようにだらりと延びていて、だけどときには、ものすごく生き生きした瞬間があった。また釜山に行くまでの間、ソウルでの時間は圧縮されたように流れていった。年末で、やるべきこと、片づけてしまわないといけないことが多かったせいかもしれない。週のうち一日、二日はすごく寒くて、すごくすごく寒いねと言いながら年末の予定や残った仕事をやりとげた。それでも何年か前よりは予定が減り、浮かれた気分もなく、静かに過ぎていった。親しい友達が入院してお見舞いに行った。年末だからなのかどうか、理由はわからないけれど、眠る前に、人に失礼なことをしたり、突然腹を立てたのを思い出すことが多かった。家では荷物が増え、年末と新年には冷静な気持ちでものをいろいろ捨てようと思ったが、うまくいかなかった。そうやってソウルで一か月余りの時間が過ぎていった。

釜山の雪

次に釜山に行ったのは一月の末だった。旧正月の連休の前に先に本家に寄ってあいさつをすませ、連休をまたいで有給休暇を取って釜山に行った。帰省ラッシュのピークを避けて日程を組んだのに、列車の座席指定券はほとんど売り切れて、空きが目についたらすぐに予約しなければならなかった。

チェ先生と一緒に見た二つめの映画にも男と女が出てきた。その映画を見る前、私と私の恋人はチェ先生の家に向かっていた。大田が生まれ故郷の彼は釜山に来て一日過ごし、大田に帰る予定だった。長時間トライしてやっと指定券を手に入れることができたという。チェ先生の家にはバーのマスターと、チェ先生のマンションに以前住んでいたセヨンさんと、セヨンさんの友達のヘユンさんがいた。私たちははじめ、お酒を買って行こうかと思っていたが、バーのマスターがいる飲み会にどんなお酒を持っていくかは難問で、それでチーズケーキとチョコレートを買って行った。たらの白子の煮込みやぶりのお刺身や牡蠣のあえものが、メロンやハモンセラーノ、チーズなどと並んでいた。バーのマスターは私たちにコニャックを注いでくれた。私の恋人は最初から、僕ら今どこ行くところだっけ？　という状態だったが、美味しいものを食べて話をしている途中でもときどき、ここどこだっけ？　と思ってるみたいな顔をした。でも、私にしたってそんなに違いはない。翌日になったら、そのまた翌日になったら、一か月くらいとか六か月くらい経ってヘユンさんという人に会ったら見分けがつくだろうか。自信がなかった。
バーのマスターに、どうしてこんな時間にここにいらっしゃるんですか、お店にいなきゃいけないんじゃないですかと尋ねると、もともと明日が定休日なんだと言った。

——お正月にはお店やってますか？
——うちはお正月の方がお客さんが多いんですよ。
——じゃあ、お休みなしですか？
——元旦当日だけ休みます。

明日が定休日なのになぜ今日休んでいるのかは依然としてわからないままだったが、それ以上は聞かなかった。私は予定を調べて一日押さえ、その日に行くと予約した。ヘユンさんとセヨンさんも、あ、私もその日と言った。チェ先生は牛肉入りのうどんを作ってくれて、それを食べるとバーのマスターはもう帰らなくちゃと言った。私たちは買ってきたケーキをテーブルに出し、マスターがコーヒーを淹れてくれた。彼はコーヒーを二杯飲み、もう本当に行かなくちゃと言い、ウィスキーを一本、残る人たちへのプレゼントだと言って食卓の上に置いていった。続いてセヨンさんの弟が姉さんを迎えに来て、新しくもらったウイスキーを飲んで一緒に家に帰っていた。うどんを食べているときからソファーで寝ていたヘユンさんは、セヨンさんが帰るとすぐ目を覚まし、残ったコーヒーとチョコレートを食べ、私の恋人は前に私が寝た床でいつの間にか寝ていた。私とチェ先生とヘユンさんはコーヒーを新しく淹れ、どのカップにもあふれるほどいっぱい注いでソファーに座った。ヘユンさんが急に叫び声を上げ、それで私たちは雪が降っていることを知った。めったにない、貴重な釜山の雪。私たちはしばらく窓に張りついて雪を見物してから、ちょうど始まった映画を見た。

映画の中で、女は何人かの男とつき合っていた。若いころにつき合った男はその女を愛していたが、女が自分から離れていくのを恐れ、女がやろうとしていること　学校に行ったり試験を受けることを無駄だと言った。離れないでくれと言った。女は離れず、時は流れた。時が過ぎ、女は他の男に出会い、ある日ふらりと雪がたくさん降る寒い場所へ旅立つ。そこで飲食店をやっているきょうだいに会い、一緒に温かいものを食べる。窓の外では雪が降っており、その雪は映画の中の雪のように積もる雪ではなく、舞い散っては消える雪だけど、ここにも雪が降ってるんだ。雪の降っているところで雪の降る映画を見た。髪の長いその女は笑いながら雪道を走っていた。

雪玉を作って投げ、雪の上を笑いながら走ったり、転げ回ったり、また立ち上がったりしては雪玉を作って投げた。私は歯を磨いて小さい部屋に行き、ベッドの上で寝た。

——歯、磨いた？
——うん、うん。

寝ている恋人の口元をぎゅっとつまんでアヒルの口みたいにして、本当に歯磨き粉の匂いがするねと冗談を言った。楽な服を着てきたのでそのまま布団をかぶった。髪の毛から醤油の匂いがおいしそうな匂いがした。旧正月の何日か前　お休みの何日か前　どこにも行かない人たちがいっとき集まりおいしいものを食べて話をした。あなたは何をしている人かと互いに尋ね、好きなものの話をして。映画を見ているときヘユンさんは私に寄りかかって、私は今日初めて会ったヘユンさんといっぱい話をするようになって。ところで……。

窓の外ではまだ雪が降っているだろうかと思い、降ってるとしても積もらないだろうな　映画の中のあそこみたいに雪が白く積もることはないよね　と思いながら眠りについた。

私たちの眠りを覚ましたのはヘユンさんで、明け方に起きてトーストサンドを買ってきたと言った。みんなむくんだ顔をしてトーストサンドを食べ、ヘユンさんは会社に行かなくちゃと言って急いで化粧をして出かけた。それから私は恋人を駅まで送っていった。私がソウルに帰る前に、大田からまたこっちへ寄るそうだ。可能かどうかはわからないけど、とりあえず私たちは一緒にソウルに帰ることにした。やっぱり雪は積もらず、風は冷たいが耐えられる程度だった。またチェ先生の家に戻り、残ったものを片づけてりんごを食べ、コーヒーを飲んだ。チェ先生は映画の中のあの女がその後どうなったのか詳しく教えてくれた。

女は寒いところから帰ってきて、こんどは事業をやっている男とつき合っており、彼の家に泊まる。彼は女が必要としているものを与えてくれる。温かさと安らぎと安定感を、それが完全ではなくても与えようとする。それは愛といえる。男は仕事で日本へ行き、女はその後、男を追っていくが、なぜか彼には再会できなかった。チェ・ミョンファンの説明は正確で、澱みなかった。映画の最後でその女は私たちよりも未来に行っていて、今まで見てきたことを過去として語る。チェ先生は余った食べ物をいくつか私に持たせてくれた。

映画を見て寝て目を覚まし、映画の続きを聞いた。寝る前に見たものは、夢のように崩れて溶けていくみたいだ。そんな朝にはりんごを食べ、映画の中の人たちの話を聞き、もう準備を終えたチェ先生はコーヒーを飲んでいて、私はそれからやっと出かける準備をした。ここは映画館ではないけれど、映画館を出るときのように、さっき聞いたばかりの物語を心に抱いて外に出ると、ここはどこだっけとしきりに考えるようになる。塩が水に溶けるように物語はさっと散っていったが、風が吹いていたり、行き止まりだったりする路地に、誰かの顔に、昨日見た映画は重なっていった。昨日、つかの間降った雪はもうやんでおり、冬になってもここでは雪が珍しいが、昨日の女は雪道を走り、口を開けて雪を口に入れ、雪を噛んでいた。あなたはあの女ではないし、ここは釜山だけど、私はあなたと目が合い、私は眠る前に見た世界と目を覚まして聞いた物語だけを持って道を歩いている。そういえば、チェ・ミョンファンの家で会った人たちは釜山で二番めに知り合った人たちといえるかもしれないな。私たちがお互いに見分けがつくようになり、それぞれの顔と名前を覚えられたらもっといいだろう。私はもう雪が降っていない通りを、雪の中を歩くみたいに笑いながら、雪道を走るときみたいに笑いながら歩いた。

釜山駅に行き、釜山港国際旅客ターミナルまで歩いた。船はあそこにあり、いつも出発していて、発つ人たちがいて、ときには到着する人に会えないこともあるが、発つ人々がいるのと同じように来る人々がいる。ベンチに座り、遠くにいる大きな白い船を見て、予想したのより閑静なそこで人々の足音と外国語の案内放送と船の汽笛を聞いた。ベンチで横になると揺れている海水がもっとよく見え、ここに来ればどこかに行けるというその事実が私を安心させた。もちろんあなたにはパスポートが必要ですけれどもね。それでも行ける。私はどこかへ旅立つことができる。しばらくベンチに座っていて、釜山駅の近くのホテルのサウナに寄った。垢すりをしてお金を払い、バナナ牛乳を買って飲んだ。オンドル部屋(韓国式床暖房)に横になって三十分くらい寝て、ちょっと寒いと思いながら目を覚まし、また熱い方のお湯に入り、今は午後、この後もまだ何かいろいろできるよねという時間なのか、いや、今日はもう休んじゃおうと決めていなきゃならない時間なのかと考え、体を拭いて出てきた。釜山での二番めの銭湯だね　最初の銭湯で私はチェ・ミョンファンに出会ったんだ　と思うと、一、二か月前のことが一瞬すごく昔のことのように感じられた。

家に帰ってくると寒くて、ボイラーをつけると、もう去年のものになってしまったが、この前来たときに買って読んだ新聞がテーブルの上にちゃんと置いてあった。チェ先生がくれた牡蠣のあえものとご飯を温めて食べた、テレビが見たかった。夜はどこでもいいから食堂に入ってご飯を食べ、何でもいいからそこのテレビでやってる番組をぽかんと口を開けて見ようっと。家から持ってきた『チボー家の人々』第三巻を新聞の横に置いた。今回は、厚い本ともう一冊厚い本と、それから薄い本を持ってきた。コーヒーを飲みながらチョコレートを食べ、下着と靴下を洗って干した。まだ家は寒くて乾燥していた。お正月にはみんな家族のところへ行くらしいけど、どこにも行かず一人残って長いこと歩く人　一人でご飯を食べる人　お酒を飲む人たちというのがいるはずだ。お湯を沸かしてカップに入れ、手をぬくめながら本を読んだ。『チボー家の人々』の中で、ジャックも家に向かっていた。父が危篤で、その臨終に立ち会うためにジャックは家に寄り、それまでずっと音信が途絶えていた彼を、もう年老いた乳母は幽霊のように感じる。人々が少しずつ集まってきて、ジャックはもどかしい気持ちで、そこが空いていることを知りつつジゼルの部屋に入っていく。かつてジゼルが寝ていた部屋。今では部屋の主は外国に行ってしまい、暗くてがらんとした部屋でジャックはしばし休む。この夜明けに私が寝ている部屋は、前にチェ先生が使っていた部屋なのか、それとも客用寝室だったのか、それともチェ先生ではない他の誰かが住んでいた部屋なのかもしれないなあ。本棚の上にはかぎ針編みのレースが敷いてあった。国際市場で買ったのか、誰かが自分で編んだのか、買ったにしても、見当もつかないような遠いところの誰かが編んだのだろうけど。本棚には釜山の地図と『東医宝鑑』（朝鮮時代の医書）と聖書があった。とても古い、分厚い料理本もたくさんあった。『嵐が丘』と『氷点』が、日本語の本何冊かと一緒に立ててあった。ノートや製本された印刷物も下の段を埋めていた。時が流れ、今いるこの部屋を退去して、もう釜山にも家がある人ではなくなったとき、または間借りではなく自分の不動産を手に入れて、本格的に釜山に家のある人になってしまって引っ越すとき。そうでもなければチェ先生としばらく会えずにいて、とても久しぶりに会うことになったら、そして私たちが一緒にカルグクスを食べ、コーヒーを飲み、久しぶりに彼の家に寄るとしたら、そのときあの小さな部屋のベッドに座って、すべてがそのままだと感じ、悲しいだろうかほっとするだろうか。それともチェ先生は他のもっといい場所に引っ越していて、一緒に並んで座り、あのときの、あの小さな部屋を思い出すのかな。

水を飲みながら『チボー家の人々』を読み、部屋の中が暖まってくるとちょっと寝て、起きて、本を全部読んだ。布団の上に横になって三十分くらいぐっすり寝て起き、机の前に行って本を広げた。ジャックと一緒に過ごすのが嬉しかった。家があって、家に帰ってくる者がいて、私たちを待っていてくれるのがやはり家だというのなら、それでも帰ってきた者はやがてまた去ることになるのかもしれないと、家に帰ってきたジャックを見ながらそう思った。そんなことを考えながらしばらくの間、ジャックと一緒にいた。

　チェ先生が持たせてくれたパンを食べてから着替えて出かけ、豚肉のクッパを食べた。また玉ねぎとにんにくをどっさり食べた。テレビでは地元の餅屋さんを紹介していた。人々は行列をしてお餅を味わい、子供のころからこの店のお餅を食べていたと話した。デパートの地下でカレトック（細長い白い餅）と、きな粉をまぶしたよもぎ餅と、小瓶に入った蜂蜜を買って帰ってきた。カレトックに蜂蜜をつけて食べ、蜂蜜を一さじ口に入れて飲み込んだ。ジャックと一緒にもう少し過ごしてからシャワーを浴びて寝た。午後ずっとだらだらしていたともいえるし、何かいろいろやったともいえそうだ。子供のころによく行っていた、従兄の小さな部屋が夢に出てきた。その部屋の本棚には金大中《キムデジュン》が書いた何冊かの本と鄭周永《チョンジュヨン》（「現代」の創業者、政治家）と金宇中《キムウジュン》（「大宇」の創業者）の本があった。でも、夢の中のその部屋はある瞬間にドアが閉まり、私はソファに座って梨と生の栗を食べて出てきた。私は初めて会う、でも子供のころ友達だったという人の家に行った。その家の小さい部屋にはピアノがあった。子供のころの友達はピアノを弾き、私はベッドに横になって友達の背中を見ていた。子供のころの友達は私みたいな大人ではなく、十二歳くらいに見える子供だった。子供と一緒にいる私の体はとても大きいと思った。

朝起きてスーパーで新聞を買った。釜山の地方紙だけ一部買った。「釜山を追って、味を追って」というコーナーではうどんの店が紹介されていた。二年前に現在の場所に移転し、店を拡大したので、今は長く待たずに気軽にうどんを召し上がれます、ということだ。お正月を迎えるチャガルチ市場の写真が載っていた。以前、日が暮れるころにチャガルチ市場（釜山の有名な水産市場）に行ったとき、干物売り場には、休日だったのか人が誰もおらず、三毛猫が一匹、道の真ん中にいた。その後ろをサバ猫が一匹、たたたたたたっと通り過ぎた。あなたたちは魚をいっぱい食べられるのかな？　ここがあなたたちのための世界だったらいいのにね。

昨日食べた残りのパンを全部食べ、シャワーを浴びて出かけ、影島行きのバスに乗った。南浦洞でバスに乗って大橋を通って影島に入る瞬間に変わる風景を見ると、何度見ても晴れ晴れした気分になる。以前、列車に乗って札幌から小樽に向かったときの風景を思い出した。銭函《ぜにばこ》のあたりだったか、窓の向こうに海が広がり、毎日のようにこの列車に乗っているらしい人たちは黙々と本を読んだり携帯電話を見たりしており、観光客は浮き浮きした表情で、通り過ぎていく海を見ていた。

韓進《ハンジン》重工業の入り口で降りて、蓬萊《ポンネ》聖堂に向かって歩いた。巨大な壁が続き、壁画が平和な一日と人々を見せてくれて、信号を渡って後ろを振り返ってみると巨大な船が見えた。造船所に入っていく小さな門は半分ぐらい開いていたが、あらゆる種類の撮影を禁止する、特にドローン撮影を禁じると書いてあった。門の前の警備員は退屈そうに座っていた。影島にはキム・ウンスク*が通っていた高神大学があり、彼が講師として参加していた蓬莱聖堂内の「〈一粒の麦〉夜学」もあった。古いマンションと小さな市場の前を通り過ぎると聖堂が見えた。聖堂の中に入ると一瞬、そこがまるで子供のときに見た聖堂みたいに思えたが、なぜならそこにも水飲み場とコンクリートのベンチがあったからだ。聖堂の中を行き来する人はおらず、「教育館」と表示された建物の中から中年女性たちの声がした。ベンチに近づいて座ったとき、黒いものが素早く飛び出した。私、あなたがそこにいることも知らずに座ろうとしちゃったね。黒猫は一瞬、黒ヒョウのように見えた。あれはヒョウだよね、黒ヒョウだよ。私は隣に誰かがいるみたいに、一人でそう言いながら黒猫を指差した。猫はドアの前に寝そべっていた。黒ヒョウをしばらく眺めてから静かに階段を上り、ドアを開けて中に入って後ろの席に座った。どこの聖堂でもステンドグラスは美しい影を作り、黄色や赤の影はおぼろげな輪郭を成して揺れ、チェ先生は誰のために、何のために祈るのだろうと私はしばらく考え、静かにその場に座って再び、祈っている人たちを意識しながら静かに目を閉じた。私は敬虔な気持ちで天国の時間を反復してみたが、その漠然とした時間は、未来なのに未来のようには思えず、まるで悲しい過去のようだった。私が生まれ、おっぱい

* 釜山アメリカ文化院放火事件の犯人の一人として逮捕された女性。

を飲み、暖かい布団と手に包まれていたとき、望むものが少なく、その望みが絶対的なものだったとき。私が天国の時間を口に入れると、その、手を触れることのできない時間が浮かび上がってきた。目を開けて左側の窓に顔を向けると、降り注ぐ光の中で埃が舞っていた。前に行った釜山近現代歴史館の階段は、昔ながらの建物の階段だった。階段を下りるときに見えた小さな窓と、窓から滑ってくる日差しと、日差しの中に見える埃と窓の向こうの看板と、その間を浮遊する光と埃の小さな揺らぎが、聖堂につながる場面のように思い出された。

聖堂を出て「おばさんドーナツ」に向かって歩いていくと、通りでは小さな古い居酒屋のドアの前にすだれが垂らしてあった。まだこんなところがあるんだと思うと同時に、昼間からお酒を飲んでいる中年男性たちが無表情に外を眺めているのが見えた。ドーナツを一セット買い、追加で二個買った。追加で買ったドーナツを道で食べながらバス停に向かった。チェ先生に、お家にいらっしゃいますかと聞き、私たちは事務所で会うことにした。

温かい水

影島から南浦洞に向かうバスに乗った。聖堂に座ってアメリカ文化院の階段を思い出したときと同じように、何か月か前にそこに行ったことを考えた。実は前にも何度かアメリカ文化院に寄ったことがあった。道を歩いていたら古い建物が見え、古風で頑丈そうなその建物が気に入ったからだ。その後、もう少しゆっくりあの建物のことを調べなきゃと思ったのは、釜山で行われる現代美術の展示で、旧アメリカ文化院の建物である釜山近現代歴史館に関する原稿を頼まれたためだった。私を推薦したのは、その展示のキュレーターと前に仕事をしたことのある小説家と、行政のアート支援の機関で働いている友達だ。キュレーターがこの二人それぞれに、これこれこういう原稿を頼みたいので適当な人を推薦してくれと言ったところ、二人とも私を推薦した。そうなったらまあ、その仕事が私に来ないとは考えにくいだろう。私は、自分に仕事を依頼することになった理由を、富原マンションが見えるホテルのロビーのカフェで夏が終わるころに聞いた。二人の友達は私を推薦した後、私の連絡先をキュレーターに知らせてもいいかと尋ね、私は当然いいよと言った。あ、ところでその人はデンマーク人で、コペンハーゲンで活動してるらしいんだ。こんどの週末、用事があってソウルに来るっていうんだけど、よかったら会ってみて。そして本当にしばらくして英語でメッセージが来た。キュレーターは、もしかして会えるかと私に尋ねた。

——いいよ。でも私、今週末釜山に行く予定なんだけど。

——あ、私も釜山にいて土曜日にソウルに行くんだ。じゃあ、土曜日に釜山で会うのはどう？

初めて会うデンマーク人のキュレーターと週末の午後、釜山駅近くのホテルのロビーに座り、釜山アメリカ文化院だった釜山近現代歴史館について話し、私は久しぶりに英語で話したので、自分は何を言っているんだろ、向かいに座っているこの人は今、何を言っているのかな、私たちの話はどこに流れていくのかと考えていた。いや、考えようとしたがうまくいかず、でも何とか流れていくだろうと思い、この仕事をすることになればいいけど、そうならなくても仕方ないなと思っていた。

私たちはカフェのテーブルに釜山の地図を広げて、何か思いつくたびに地図を調べた。私が主に歩いているのはこのあたりだよ。釜山駅のまわりにぐるっと小さい丸を描いてから、いや、もうちょっと大きくてもよさそう、ともう少し大きい丸を描いた。彼は市場と近現代歴史館が興味深いと言った。それから、古里《コリ》原発と多大浦《タデポ》と影島を指差した。古里原発は海辺から見えるんだよ（え？）　原子力発電所が海辺から見えるの。あなたが海辺からそれを見ることができるという意味だよ（あー）。海を一か所だけ選ぶとしたら私は多大浦が好き。でも私はそれより、ここの近くに家があったらいいのにと思い、ちょっと前に描いた小さい丸を指さして、この近くに家があったらいいんだけどね。そんな話をしていると本当にそうなるかもしれないよ、と彼は笑わずに真剣な目で言った。あなたはソウルに行って、またコペンハーゲンに帰って、用事ができたらまた釜山に来るの？

——あ、でも大丈夫、大丈夫。本当に慣れてるから。

なぜか道に人通りは少なく、懐に抱いたドーナツはまだ温かく、温かいなあと思うと同時に油で揚げた小麦粉の豊かな匂いが漂ってきた。チェ先生の事務所でチェ先生とドーナツを食べながら、去年の夏のある午後、ホテルのロビーに座ってアメリカ文化院について話したことを話した。

——それで原稿は書いたの？

——書きましたし、書いています。

——書いたってこと？　書くってこと？

——どっちもです。

私は笑い、チェ先生は、何であれ約束というのは大事なものよと言った。私は、自分が厳格な人間であることを表明するのにためらいがないこういう態度はいいなあと思った。蓬萊聖堂にちょっと寄ったことも話すと、彼は、黒くてすごく悠々とした猫がいるでしょと言った。ジャングルのライオンみたいに、何も気にしてないみたいに行動するんだから。ジャングルのライオンが本当に何も気にしてないみたいに行動するのかどうかは見たことがないからわからないなとしばらく考えてからやめた。このドーナツ屋さんも本当に古いんだよ　私が最初の会社に行ってたときからあるんだから。だから本当に古いお店よ。

——そのときもショートヘアでしたか？

——短かったかな？　いや、あのときは伸ばしてパーマかけてた。本当に若かったけど、何でもきちんとやろうとしていたね、何でも。

チェ先生は、八二年にアメリカ文化院で火災が発生したその日のことも覚えていると言った。春のまだ肌寒いころで、風がよく吹く日で、そのせいだったのかな　それであんなにすぐ火が回ったのかもしれないね。チェ先生は何か思い詰めたような顔で話しつづけ。周辺の建物の開いている窓に入ってくるほど煙がすさまじかったので、ドアを閉めて仕事をしていたが、何人かはもう家に帰り、仕事が残っていたチェ先生は咳をしながら残った仕事を片づけたそうだ。夜になって帰る途中、地下道の階段を下りていく途中に靴をはいたまま転び、足をくじき、膝から血が出た。上にずり上がったスカートを見て通りすがりの三人の男が口笛を吹き、中の一人が通り過ぎてからまた戻ってきてスカートの中に手を入れ、足の間を触った。これらすべてのことが十秒くらいの短い時間の間に起き、チェ・ミョンファンは何ごともなかったようにさっとスカートをおろし、明るいところへ、明るいところへと、走るように、怪我をした足を引きずりながら歩いていった。五千ウォン分のドーナツセットの半分を食べた私とチェ・ミョンファンはコーヒーをもう一杯飲み、ソファーに自然にもたれた姿勢で、一日にドーナツを四個ぐらいも食べたので体が重くて眠かった。けだるい午後だった。今日は行ったことのないところまで遠くに行ってみようかな。たくさん歩こうと思った。

それ以後、ドーナツを食べるのは一種の伝統というか習慣になって、私が釜山にいるときには、チェ・ミョンファンは聖堂に行って帰ってくる途中でドーナツを買い、事務所に私を呼び、私たちはドーナツを食べながら話をする。そしてティッシュで拭いてもまだ指が油っぽいままでコーヒーを飲み、歩き、また歩く。

アメリカ文化院放火事件の数日後、チェ・ミョンファンが地下道を通るのが嫌で路上を歩いていると、ある病院の前で人々が話しているのが聞こえ、五十代の男性二人が、アカは死んだってかまわないと言っていた。私はチェ・ミョンファンの横顔を見ながら話を聞いた。チェ・ミョンファンの鼻と眉間に深いしわが一瞬できて消えた。そのときチェ・ミョンファンはパーマヘアだったのだろうな。怪我をした足がすっかり治ってないので革靴がはけず、ストッキングの足にスニーカーをはき、歩いて歩いてまた歩いていたチェ・ミョンファン。チェ・ミョンファンはそれを聞いて、何でそんなことをしたものだか、男二人が立っていた横の地面にぺっと音を出して唾を吐いたと言った。ドーナツはおいしく、チェ・ミョンファンはコーヒーを飲みながら語りつづけた。午後の時間はときに、永遠のようだ。ソファーでも背中をまっすぐに伸ばして座るチェ・ミョンファンは、どこか探したら日記みたいなのが出てくるかもしれないと言った。死んだってかまわないとか、そんなレベルじゃなかったんだよね。ほんとにひどい言葉だったと思う。ひどすぎて、聞いていて体が震えたの。あれを聞いた日、家に帰ってすぐ何か書いた記憶がある。もっとひどい言葉って何だろうか、とっ捕まえて、むしりとって、掃き捨ててしまえとか、突き刺したり首を切ってしまえとか……と私はひどい言葉を考えてみたが、何であれ、文章にしてみると初めて聞いたときの生々しさが薄まり、すべての怖さが減るみたいだと思った。

窓の外ではごく一瞬小雨が降ってやみ、事務所の窓を開けると雨に濡れた土の匂いがふわっと押し寄せてきた。ソウルに帰る前に温泉場かどこかに行って、温泉のお湯に浸かろうと思った。でも、混んでるかもしれないな。窓をちょっと開けておき、押し寄せてくる冷たい風と雨の匂いを嗅いだ。今も私は、誰かが死んでもかまわないという話／ある人たちは国が掃き捨ててもかまわないという話／役に立ちそうにない人たちは流れから脱落して死んでもいいという話／そういう人たちは迷惑をかけずに早く死ぬべきだという話をよく聞く。もしかしたら、毎日私が聞いているのは　見ているのは　さっさとそれを実行しろというサインなのかもしれず、私たちが公平に、公正に、両手にパンを一個ずつ持つためには、つまり誰もパンを三つ持ってはならないし、手のない者は手を差し出すことができないが、そのために新しい方法を作るのは無駄だし、新しい方法を作っている間にまずいことが起きるかもしれないので、手のない者がパンを持てないのは気の毒だけど当然だと、そうであるべきだと世の中じゅうがそう叫んでいるみたいだった。コーヒーを飲み終えたチェ先生は、放火した学生の一人と同じ聖堂に通っていたという話をしてくれた。

——キム・ウンスクさんですか？

窓の前に立ったチェ・ミョンファンの短い髪の毛が風に揺れていた。肌寒くはあったが寒いというほどではなく、話をしていると、いつからか熱い石を口にくわえていたような気がしてきて、窓ぎわに立って冷たい風を浴びた。私は立っているチェ・ミョンファンの後ろに立ち、ブラウスとスカート姿で、パーマをかけた髪をゴムで束ねて遅くまで仕事をし、コーヒーを飲みながらしばらく休憩している八二年のチェ・ミョンファンのことを考えた。走っていって靴をはいたまま転び、素早くスカートの埃を払って立ち上がり、また走っていくチェ・ミョンファンは、何も起きていないと思った。殴られたわけでもなく　お金をとられたわけでもなく　侮辱されたわけではさらになく　さっさと走って家に帰ろうと思った。私たちには何も起きていない。窓ぎわに近づいたとき、また雨が少しずつ降りはじめ、それでもドアを閉めずに、小さな水滴が私たちの袖をまくった腕や手の甲に跳ねるのを、跳ねては消えるままにさせておいた。

　バッグを持って立ち上がるとき、チェ・ミョンファンは事務所の棚から何本かの傘の中でいちばんいいのを選んでくれた。会釈して手を振って事務所を出るときなぜか、私をここにかくまってください　と叫びたい気持ちになってやめた。この事務所は隠れるのによさそうだった。ソウルで悪いことをして釜山に逃げてくるならここがいいと思う。ドアを閉めながら、写真を撮るように、事務所の眺めと背中を伸ばして座っているチェ・ミョンファンと、スカーフを取り出して巻くその動作を記憶にとどめた。手からはまだおいしそうな匂いが漂っていた。歩いたり止まったり、また歩いたりを反復しながら鎮市場まで歩いた。油で揚げた炭水化物をこんなにたくさん食べてもいいのかな?　市場でホットックを買って食べ、疲れて地下鉄に乗って帰ってきた。ホットックは本当においしかった。食べ終えてみると、コートに溶けた砂糖がついていた。それをはがしながら帰ってきた。

家に帰ってくると、お正月のせいかふだんよりマンションが静かな気がした。シャワーを浴びる前に恋人としばらく電話で話し、シャワーを終えてからはチボー家の人々としばらく一緒に座っていて、それから眠りについた。チボー家の人々に、ジャックに、アントワーヌに頼りたかったし、実際に頼っていた。私は長い間ジャックを見てきたし、ジャックも私を信じるだろう。

私が釜山で休日の何日かを過ごしているうちに、ジャックはいつの間にかジュネーブに行って革命家の一員になっていた。記事を書いてお金を稼いでいるジャックが夏の真昼のジュネーブを歩いていく。私は、二十世紀の初めに照りつけていた日差しは今のとは違うかな、確かに違うだろうけど、それでも季節の描写は常に生々しいと思い、そんなことを考えていると、明日の朝に窓から降り注ぐ日差しがもう手の中にあるような気がした。ジャックが歩いている夏のジュネーブが、真夜中の私がいる場所に一瞬とどまり、それから行ってしまい、時が過ぎたある日、私はジュネーブの夏の真昼が予告もせずに再び私を訪ねてくるだろうと予感した。私はそうした瞬間たちと一緒に横になっており、生き生きと近づいてくる本の中の人々のことを考え、その空気の中で眠ることができた。

目を覚ますとすぐにざっと服を着て外に出て、アワビ粥を食べた。温かい気持ちになり、歩いて近現代歴史館まで行ってベンチに座り、柚子茶を飲んだ。八二年の三月。三月ならまだ寒かっただろうと思う。引火物を持って建物の中に入っていく人と、忙しく働いているチェ・ミョンフアンと、近くのデパートからアメリカ文化院の建物を見ている男性のことを考えた。人々はずっと、ずっとずっと歩き回っていたのだろうと私は思った。チェ・ミョンファンは七〇年代の終わりに、学生たちが、市民たちが、独裁打倒、維新撤廃と叫ぶのを、会社から自宅に帰る週末の路上のどこかで聞いただろう。火をつけた者たちもこの通りを歩き回っただろう　走り回っただろう　最初から最後まで　始まりからおしまいまで。七九年の釜《プ》馬《マ》抗争*と八二年のことを自明のことのように結びつけたいとは思わないが、八二年にアメリカ文化院に火をつけた彼らは七九年に釜山の街頭を駆けずり回り、声を上げて独裁打倒、維新撤廃を叫んでいただろう。

何年か前に日本でテント芝居を見たとき、テント芝居をやっている桜井大造は八二年三月の釜山アメリカ文化院が焼けた日にソウルにいたという話をしていた。光州に行く前に立ち寄ったソウルで、彼はソウル大学の活動家たちとお酒を飲み、通行禁止時間になったため一緒に旅館に入ったが、翌朝旅館を出ると号外が出ており、その号外を見た活動家たちは無言のまま旅館からあわただしく散っていき、後でわかったことだがほとんどが逮捕されたという。私はこの話をいつか彼の公演を見た後に食事をしながら聞いた。一緒にお酒を飲んでいた人たちが一瞬で散っていったと話す、一瞬で散っていったことを説明するときの手のジェスチャー。なぜソウルに行ったのかと彼に尋ねると、八〇年五月当時、光州で起きたことをニュースで見て、光州に行かなくてはならないと思っていたが、それが八二年になってやっと実現したのだそうだ。お酒を飲む前、ソウルの活動家たちが彼を捕まえて尋ねる。あなたは光州を見たんだろう？　ニュースで光州を見たんだろう？　彼は見たと言う。みんな、何を見たかと彼を取り囲んで尋ねる。翌日、人々は散っていき、彼は光州に向かった。一九八二年の光州で彼は何を見ただろうか。八〇年五月をニュースで見て光州を知っている日本人が何かを見るために光州に行ったとしたら、または逆に、大学で先輩たちに光州で起きたことを説明されても、それは扇動で、軍人が市民を無差別に虐殺するはずがない、全部嘘だと信じていた人が自分の信念を貫くために一九八二年の光州に行ったとしたら。一九八〇年ではなく一九八二年の光州で、彼らは何を見るか。または光州とは何であるかを証明すべきだろうか？　私が見た桜井大造の演劇の中に、「未来記憶」という言葉を使ったものがあった。日本語の公演だったため、たやすく理解はできなかったが、私はその題名をときどき思い出した。それで別の時間を生きることができた。未来を生きて、来たるべきものを救い出すなら、未来が記憶になるほどまでに生きられると思った。私たちが見たいものを　未来をそれが記憶になるほどまでに生きるなら　ある日それが見えるなら　それはもう同じことの反復ではなく、新しい未来となって私たちの前に広がるだろう。

柚子茶を飲み終わると、寒かったが、さっきは温かかった紙コップがもう冷めていた。腕を組んで頭を反らし、何が見えるのか、逆にどこで、どこから自分を見ることができるのか、自分が

＊　朴正熙《パクチョンヒ》政権下で、野党総裁だった金泳三の議員除名案が通過したことに反対して釜山と馬山《マサン》で起きた大規模デモ。

どんなふうに現れているのか、ベンチに座って頭を反らしている人がどこからまで見えるのか、目を閉じたまま考えた。

——こんなとこでどうしたんです？

——あれ？　何してるんですか？　私、ただ、ただ遊びに来てるんです。

チョ・ムヨン氏に会うまで、私はチェ・ミョンファン以外には釜山に知り合いが誰もいないと思っていた。チョ・ムヨン氏は絵を描く人だが、私は前の職場で彼に仕事で会ったことがあった。私も彼に何をしているのかと尋ね、彼は、自分はこの近くに住んでいると言った。

——お正月なのにどこにも行かないんですか？

——ずっと釜山に住んでますからね、どこ行っても同じです。お昼は食べましたか？

——いいえ。食べました？

——一緒に食べますか？

——あ……一緒に食べましょうか？

私たちは近くの食堂で炒めたジャージャー麺を食べた。中国料理店に入り、なぜか悩みもせずに、まるで前から食べたかったみたいに二人ともそれを頼んだ。すぐに出てきた二皿のジャージャー麺を黙って静かにおいしく素早く食べる二人。ソウルに帰る前に一緒に飲もうということになったけど、本当に飲むことになるかな？　とりあえずコーヒーを飲んだ。宝水洞《ポスドン》の古本屋街にあるカフェでコーヒーを飲み、あんまり寒くなく、通る人たちはお正月のせいか、どこか浮き浮きした顔をしていた。市場は人出も多かった。私は最近何をしているのかと聞き、彼は何してるんだかわからないんですよねと答えた。エスプレッソを飲みながら、どうして何してるんだかわからないんですか？　と聞くと彼は突然私の目をまっすぐに見て、でも頑張っていますと答えた。私たちは二人とも時間がとれそうなら明日の夜会うことにして、古本屋の前で手を振った。私の態度こそ、何をしてるんだかわからないとか言うくせに、何回も尋ねるとでも頑張っていると答えるような、まあそんな感じだと思った。それでも頑張っているかな？　まずは、今書いていることを頑張って書こうと思った。ゆっくり歩いてまたアメリカ文化院前のベンチに座った。人々は通り過ぎ、ときおり、パーマのかかった長い髪をゴムで束ねてブラウスを着て袖カバーをしたチェ・ミョンファンがここを遠くから見ている　真夜中に　服から漂う焦げくさい匂いを嗅ぎながら、焼けた建物を見ていると思った。建物の中に入り、もう何回も読んだ釜山近現代歴史館の過去を読んだ。展示された写真の中の制服を着た女子高生たちは、すっきりと背が高かった。下の階に下りていく階段から窓ごしに見える隣のビルの看板をしばらく眺めてから出てきた。

地下鉄に乗って温泉場駅に行き、近くに見える銭湯に行った。古いが清潔なビルだった。入り口でシャンプーを買ってお金を払い、タオルをもらってきた。お正月だが意外に人は多くなく、シャワーを浴びて熱い方のお湯に入り、まだおなかがいっぱいだなと思い、チェ・ミョンファンと初めて会った場所は銭湯で、私たちは熱い方のお湯の中で初めて相手を見て、私はチェ・ミョンファンが釜山で初めてできた知り合いだと思っていたけど、今日は前から知っていたチョ・ムヨンに会って、でも彼とはソウルで会ったのだから、釜山で初めてできた知り合いはチェ・ミョンファンだと思った。

お湯に浸かったまま、アメリカ文化院の建物の階段と小さな窓と、その窓から見える看板と、二十代後半の、ブラウスとスカートを身につけたチェ・ミョンファンが黒く煤けた窓の前に立っているのを見た。昨日、チェ・ミョンファンの横顔を見ながら話を聞いていて、チェ・ミョンファンの横顔に風が触れ、揺れる髪からその顔へと風が流れていくのが見えた。彼はほとんど頭の変な女として扱われたが、それは年を取っても結婚せず、一人で暮らし、稼いだお金を全部家族にあげたりしないで自分のお金を貯めたからだった。何で火事になったんだろう　彼は揺れる風と不安げに揺れる木の葉と看板を眺め、暗い街を走って家へと向かい、本を借りに行っていたアメリカ文化院の図書館のことを思い出し、本はすぐに燃えてしまうだろうと思い、灰になった本もう本ではなくなった灰のことを考え、夜になると家に帰って日本語を勉強した。どうやってお金を貯めるか増やすかを考え、会社から持ってきた新聞をよく読んだ。焦げくさいブラウスとスカートは浴室にかけておけば、お湯で体を洗っているうちに、浴室に充満した湯気が汚いものを落としてくれたはず。国際市場で買ってきた古着にはみんな熱い湯気を当てたものだ。古着には何がついているかわからないから、熱い湯気を当てないとね。古靴をやたらと買っちゃいけないよと食堂のおばさんがチェ・ミョンファンに言った。靴に何がついているかわからないからね。チェ・ミョンファンは古靴をはいて過ごし、それからまた別の古靴をはけば、いいのと悪いのが競合することになり、そして結局いいものが勝つんじゃないかと考えた。そんなふうに、すべてを自分に役立つ方向に考えながら乗り越えていった。私は熱い方のお湯に入ったまま、チェ・ミョンファンの浴室に満ちていた湯気と夜の南浦洞を走っていくチェ・ミョンファンの後ろ姿を見た。垢すりの人に体を任せながら、自分の体は左右で違うんだと彼は言い、足を組んで座っちゃだめと言った。私は体をひねったり横を向いて寝たりして、終わるとお金を払い、また湯船に浸かってシャワーを浴びて銭湯を出た。

春になると温泉場には桜がたくさん咲くそうだ。春はもうすぐで、私には釜山に寝る場所がある。

銭湯計画

市場でチキンの丸焼きのテイクアウトを注文して待っているとき、チョ・ムヨンから電話が来た。彼はお酒を飲もうと言い、今、チキンの丸揚げを待っているところだと私は言った。私の住んでるところに行ってもいいけど、彼と一緒にいるときに起こることを予想するのが本当に面倒くさく、起きないことを予想するのも面倒くさかった。チキン屋の前で会った彼は意外とおとなしく、それならこんど会おう、家に帰って丸焼きを食べてくださいと言った。本当に丸焼きを買ってるところだとは思わなかったと言った。

――（パックされたチキンを見ながら）そうか、すごい量なんですね。

――こんなにあると思ってなかったんです。今日も明日も食べないと。

鶏の丸焼きを待ちながら、家はどこかと尋ね、いろいろと話し、結局は丸焼きを持ってチョ・

ムヨンの家に行くことになった。チョ・ムヨンの家はアトリエみたいな感じだった。古いオフィスビルの上に建っている屋上部屋だ。家は意外に広くて清潔で、私たちはカレー味のフライドチキンとヤンニョムチキンをテーブルの上に置いてビールを飲んだ。チキンを食べ、音楽を聞き、おなかいっぱいになり、コーヒーを飲んだ。小さなコーヒーメーカーが一人で音を立てて一生けんめいコーヒーを淹れた。コーヒーカップを持ったままチョ・ムヨンとキスをして、その瞬間気持ちよかったが、もっと何かしたくはなかった。私は先日知り合ったバーのマスターの話をし、彼は自分もそこがどこだか知っていると言った。後で機会があったら一緒に行ってもいいですねと言ってから、いや、だめですね　私、前にみんなと一緒に行ってるから変な感じになると思うと言い、チョ・ムヨンも、考えてみると自分もそうしない方がよさそうだと思うと言った。

私の家は元気でいるかな　ふとそんな気がして、帰りますねとあいさつしてしばらくハグして出てきた。チョ・ムヨンは送ってあげると言って服を着てついてきて、彼は自分の家は事務所用なので寒いけど広くていいんだという話をした。坂でまたあいさつをして、手を振って家に向かった。振り返ってみると、チョ・ムヨンが手を振っていた。もう少し歩いて家まで帰ってきて、チョ・ムヨンが嫌なわけでもないが、変な話ばかりしちゃったみたいで　あー　もう会わない方がいいだろうと思い、でも一緒にいるときは楽しかったと思った。恋人のことは思い出さなかった。まだ釜山で起きることたちを現実感を持って受け入れているようではなく、それより、すぐに忘れてしまうようなことをときどき、何でもないことみたいにやっているせいかもしれなかった。たくさんのことの中で実際にどれを忘れてしまうのかはわからないけど。

ジュネーブのジャックは仲間たち、友人たち、同志たちが話しているときに彼らの後ろでじっと彼らを見ていた。私はそんなジャックを後ろから見ていて、ときどきアントワーヌのことを考えた。夜風をかき分けて歩きながら、二人それぞれが私の家でしばらく休んでいるところを想像した。テーブルの一方にはジャックが座り、もう一方にはアントワーヌが座っているが、演劇の舞台のように、観客からは二人が見えるが彼ら自身にはお互いが見えないらしく、疲れた顔でテーブルに突っ伏して眠っている。アメリカ文化院に放火した彼らもジャックの仲間たちのように革命について長時間話しただろうか　神学を専攻していた学生たちはジュネーブの革命家たちと同じように革命を語っただろうか。違うだろうな。彼らが話していたのは革命のことではなく、似ているけれども違うことだっただろう。でもそれは革命ではないと、革命とは完全に違うものだと、いえるのだろうか。

ジュネーブの人々は、何かが始まる直前に自分たちが到着したという話をしていたが、私はずっと、すべてのことがほとんど全部終わった後に到着した感じだった。でも、そのことが何か問題になりますか?

頑張って他のことを考えようとしたわけではなかったが、本の中の人たちがそれぞれの世界で苦闘しながら生きているんだと思いながら歩いていくと、いつの間にかチョ・ムヨン関連のことが思い浮かばなくなり、でもそうするうちにまた何か忘れたことがあるという気がしてきて、手から漂うカレーの匂いをかぎながら、さっき食べたチキンとチョ・ムヨンのことをまた考えた。手で顔をおおってみると顔が熱く、顔が冷めるまで歩きたいと思い、家を通り過ぎてその先へ歩きつづけた。お風呂に入ったので顔が柔らかく、海風が吹いていたが、すごく寒くはなかった。連休が終わると二月になり、二月はいつもすぐに過ぎ、いつものことだが三月になって初めて新しい年に適応できるのだろう。足が痛くなるほど歩いて帰ってきた。布団の上に脱いだパジャマが、私の体の形になって親しげに寝ていた。

服を脱いでかけ、シャワーを浴びて出てきてパジャマに着替え、ジャックの話ではなく、書痴メンデルが出てくるツヴァイクの短篇を読んだ。書痴メンデルは、普通の読書家のレベルでは想像できないほどたくさんの本を読んで知識を得ていた。彼はいつもカフェ・グルークに座って自分の世界で本との出会いをやっており、その世界は実に堅固で、テーブルをたたく程度では他人の存在を知らせることができないほどだった。だが、人々は彼に対して何と優しく礼儀正しかったことか、戦争が彼らからそうした徳目を奪うまでは。私はメンデルの最期を覚えているスポルシェル夫人の手を私の両手でつかみ、そこに額を当てて眠りたかった。そうすれば、その隣にはアントワーヌが座ってみんなの人生を案じ、この先みんながどのように生きていけばいいか教えてくれるだろう。その世界は何となく、私を愛していた二匹の犬の住む場所から遠くなさそうだ。

トイレの窓を開けて歯を磨いているとき、お隣の家で流している信仰相談の番組が聞こえてきて、ラジオの司会者と牧師が、リスナーが送ってきた相談内容を読み、回答してあげていた。毎日お酒を飲まないと眠れない五十代後半の男性が、自分がなぜこうなったのか振り返るのが怖いと言っていた。なぜかもうすぐ死ぬような気がする、どうにもなりそうにないのだけど、それでも、どうしたらいいのでしょう。こういうときの答えとしては教会に行くことを勧めるのだろうと私は思ったが、落ち着いた声の司会者は、まずは、お酒は遠くの店で買うことにして、三十分くらい歩かないと行けない店でお買いなさいと言い、そうやって週に何度も歩き、歩くことに慣れてきたら病院に行ってみるようにと勧めた。牧師は、それもいい方法です、でも、可能なら今すぐにでも病院に行って入院すると決意を固め、断酒をなさるのがいちばんいい方法ですと答え、聖書の一節を読んでやった。あなた方は、自分が神の神殿であり、神の霊が自分たちの内に住んでいることを知らないのですか。神の神殿を壊す者がいれば、神はその人を滅ぼされるでしょう。神の神殿は聖なるものだからです。あなた方はその神殿なのです。コリントの信徒への手紙1の三章十六節から十七節です。今、大田からお悩みを送ってくださったリスナーの方も、ご自分が神様の神殿であることを忘れないでください。

毎日この家で暮らすとしたら私はこの放送が気に障るか　今みたいに何とも思わないのか　それとも心待ちにしたりするのかとしばらく考えた。そういえばチェ・ミョンファンは、一時期は聖堂に行っていなかったと言っていた。三十〜四十代の二十年ほどは聖堂に行かず、土日も仕事をしたり登山をしたり、人に会ったりしていたという。仕事で知り合った人たちが教会に通っていたので、しばらく教会に通ったこともあるそうだ。そのときはまたそれなりに熱心に通っていたという。与えられたものに感謝して謙虚に生きるとか　家庭を築くとか　身を低くして必要とされる仕事をするとか　そういうのが何か、自分と衝突して、いろいろ考えちゃって、いらいらして病気になりそうになったんだ。ずっと憂鬱だったし、ほんとに病気にもなったしね、それでまた忙しく過ごしていたらそのまま時は過ぎていって。でも、今になって思えば危なかったなと思う。私はもうチェ・ミョンファンの　チェ先生の声を思い出すことができる。聞きたいときに押せば再生される。チェ先生の声を何度か聞いて、布団をかぶって目を閉じた。チェ・ミョンファンは二十余年ぶりにまた聖堂に通いはじめたが、そのためにどのような過程を経たのだろうか。そんな話も再生したかった。

明け方に寝て起きると、私はそろそろ免許を取るべきだと、急にそんな考えが啓示のように湧いてきた。汝、車を運転すべし、とそんなふうに。夕方にはバーに行くことにした。運転できるようになったら、釜山のここかしこを、釜山の近隣どこにでも行けるよね？　バーに行くにも、高いところに上るにも楽だろう。恋人からは、大田からまっすぐソウルに行くことになったと連絡が来ており、チョ・ムヨンからは、自分は最近こんなことやあんなことをしているが、寝ようとして思い出したので連絡するというメッセージが来ていた。私はチェ・ミョンファンに聞くべきことをいくつか考えてみた。私はキム・ウンスクのことを聞きたかったが、それをどんなふうに聞いたらいいだろうと考えた。初めて会ったときのことを覚えていますか？　ではそのとき、何歳でしたか？　どうしてそのとき仕事につくことになったんですか？　では、ご家族がお金を稼いできなさいと言ったんですか？　でも尋ねていくと、あなたはなぜいつも忙しくしていたんですか？　なぜ本を持って走り回り、毎日新聞を読み、遅くまで仕事をしていたのかと聞くことになり、それが私の耳にはもう何度も聞いた話みたいに聞こえてきそうだった。彼がしてくれる話は、一方では彼が隠している話だろうし、彼が嘘をついているわけではないけれど、私たちは皆、自分の話を打ち明けるとき、同時にそれを隠しているのだ。寝返りを打ち、また眠り、免許を取るより先にマットレスを買うべきだろうか、ふかふかの寝床が恋しいと思いながら目を覚ました。背中をたたいてストレッチをして、横になり、また起きた。お湯を沸かしてティーバッグの玄米緑茶を飲み、昔の雑誌を読むみたいに古新聞を読み直した。うどん屋の紹介はもう一度読んでも面白くて、一行一行読み直した。こんな記事ばっかりずっと読んでいたかった。うどん屋の話、三代で経営している書店の話、町内にいちばん古くから住んでいるおばあさんの話といったようなものだ。ドアをノックする音がして緊張しながら外に出ると、隣ですと言われた。湯気の出ている、作りたてのカレトックが見えた。

——引っ越していらしたんですよね？

――はい。こんにちは。

私より若く見える、でも外見だけで推測するのは難しいといつも思ってはいるのだが、学生みたいな若い女性が湯気の出るカレトックを乗せた皿を持って立っていた。毎日讃美歌の放送を流しているのはこの方なのかもしれないし、それともこの方の家族かも。とにかく湯気の立っているカレトックは本当にすぐにでも食べたかったので、あいさつをし、ありがとうございますと言い、お正月を楽しく過ごしてくださいと言ってすぐにドアを閉めた。前に買っておいた蜂蜜を取り出してカレトックを食べようとしたとき、ほんの一瞬、こんなふうに誰だかも知らない人がくれるものを不用意に受け取ったことから事件が起きるという、そんな推理小説もあるよねと思ったが、まずはカレトックを口に入れて考えつづけた。一方で、お隣の家の人の方が私を不審に思ってるかもしれないという気がした。一か月に一度くらい来て、荷物も運び込んでないし、何をしているのかも見当がつかない変な人だと思っているかもしれないし、そう思いはじめると、誰かが引っ越してきたのに荷物が届かないのは本当に怪しいという気がしてきた。

とにかくカレトックはおいしかったし、推理小説なら普通はお餅じゃないし、とりあえずお餅のある国は少ないから紅茶とかに何かを入れるんじゃないかとそんなことを考え、本当にさっきのあの方が毎日聖書を朗読しているのかなあ、カレトックを食べてまた布団の上に横になると、今日は讃美歌を流すのではなくて実際に歌っているのか、ピアノに合わせて歌う讃美歌が聞こえた。途中でときどき、二つの声が三つになった。家族が集まって讃美歌を一緒に歌う、一見平和に見える場面が頭の中に描かれ。通りの向かいのどこかにあるゲストハウスにいる人たちは、お正月に誰かがおいしい料理を作ってくれるのかなとしばらく考えた。築三十年、四十年になる家は古い家なのか、それとも当然まだ現役なのかと考え、お湯を沸かしてインスタントコーヒーを作りながらカレトックの残りを食べた。

服を着て、お隣にもらったお皿を流し台に置き、スニーカーをはいて部屋を出て、駐車場から歩いて上に出た。警備員のおじさんは遠くから私を見てあいさつし、私はもう本当に入居者だから、迷わず喜んであいさつし、建物の中に入り、横を見ると横の通路に階段が見えた。いくつかの商社のビルを通り過ぎ、下を見おろしたときは、お正月のせいか駐車場に停めてある車は少なかった。マンションの中に貿易会社の事務所があり、中区高齢者協会といった協会の事務所があり、世界家庭平和団といった団体の事務所もあり、ゲストハウスがあり、人々の住まいがあった。壁側の階段の通路から左を見ると、ぱりっとした真っ青の東横インの看板　正確に青といえる色の看板が見えた。私には入れないゲストハウスの内部構造を想像しながら階段に立ち、東横インの建物を眺めた。空は晴れ、建物は鮮やかで、それから三十秒後、私は節約のためにこのマンション内のゲストハウスに住んでいる建築専攻の大学院生Pさんと知り合うことになる。Pさんは、自分の住む富原マンションの設計図を苦労して手に入れ、机の上に広げておいて、暇ができると建物の中を歩いて隅々まで調べていた。彼は、上っていく階段と下りてくる階段の手すりが交差するV字の間に見えている東横インの建物を見ながら、紙コップに入ったインスタントコーヒーを飲んでいた。

――こんにちは。

――あ、はい。

――東横インを見てるんですか？

――ええ。

Pさんと私はしばらく並んで東横インの建物を見た。そうやって彼と私は初めて言葉を交わすようになり、彼は私が釜山で知り合ったもう一人の人になった。彼は自分の部屋に私を招待した。お正月だからか、みんなが仕事に行く時間だからか、彼の部屋に行くまで誰にも会わなかった。彼はマンション全体の内部構造図と世帯別の間取り図を見せながら説明してくれて、でも古いだけあって中はリノベーションをしているから、このままの状態ではないだろうと言った。私は屋上にこのマンションのパノラマを設置して、各階の通路ごとに人が行き来する様子をVRなどの仮想現実として見られるようにしたら面白いかもしれないと言った。その場合、とりあえず背景は空になるけど、その中間に東横インが見えたらいいだろうとつけ加えた。みんな屋上に立てば、自分の住んでいるマンションの構造を、ちょっと体をずらすだけで確認できるだろう。いつ行っても過剰なほど青い空が見えるだろうし、カレンダーの写真みたいな空の下で人々が行き来し、廊下と階段が思ったより多いことに気づき、それを風景のように感じながらコーヒーを飲んで話をしたりするだろう。

——いいですね。でも、マンションって、パノラマで見るようなすごい眺めなんですかね。

——私はここに来て、まだあれで、本当、よくわかりませんが。住んでる人たちもよくわからないんじゃないですかね。

——それはそうですね。

——建築を研究なさってるのに、このマンションを見て、すごい眺めだと思いません？

——いや、重要な建物だと思いますよ。重要だと思うけど。とりあえず、毎日見てる場所だから、見る人たちも重要だと思うのかなーっていうことです。

マンションをパノラマで見ると、マンションに人々が住んでいるという事実だけが壮観といえるものになるだろう。Pさんはしばらくして用事があると言い、私は彼と一緒に彼の部屋を出た。なぜある場所である人は立ち止まり、また他の人も立ち止まり、そして人は話しはじめることになるのだろうか？　Pさんは手を振っていたが、V字に交差した階段の手すりの前に立ち止まって東横インを眺めていた。私はお隣にお皿を返すとき何を一緒にあげたらいいか考えながらマンションを出た。こんなふうに人と知り合うのは奇妙なくらい実感が湧かないと感じながら、大通りに向かって歩いていった。お餅をもらったんだからまたお餅じゃだめだよね　私はケーキかクッキーを買おうと思った。国際市場まで歩いていくと、お正月なのでやっぱり人出が多く、私はお餅を食べて出かけてきたのにまた市場で売っているお餅を買って食べた。屋台に座って小豆粥を食べた。パン屋で、すき間時間につまむパンとお隣にあげるクッキーを買った。チャガルチ市場まで歩きながら、図体の大きい猫たちに会えるかなと思った。そういえば前にチェ先生が、あのころ猫に牛乳をやっていたという話をしていたっけ。

チェ・ミョンファンはそのころ、ときどき出くわす白黒混じりのまだらの猫に牛乳をやっていたけど、牛乳を猫にやるのはもったいないとみんなに言われたそうで。アメリカ文化院が燃えた何日か後、彼は会社の裏の路地で、白かった毛が煙のために灰色になってしまった猫を見た。猫は自分の毛を舐めて、舐めて、また舐めていたが、まだ元の色に戻らなかった。苦労している猫を見て牛乳をやったりしたんだけど、最近聞いたら、猫に人間用の牛乳をやっちゃいけないんだって？　私は、あ、そうです　猫用のミルクがあります　と答えたが、聖堂の黒豹たちは牛乳なんか飲みそうになかった。ネズミを捕まえて食べていそうだったが、そうではなくて、聖堂の誰かが面倒を見てやってるんだろうな。

チェ・ミョンファンはお正月にはカントン市場で日本製のタバコを一カートン買ってきて、たまに家で吸っていた。タバコと一緒に買った缶入りミルクコーヒーを飲みながら本を読み、灰色の毛の猫のことを考えた。猫はいつも動きが素早いし、どこへでも上手に逃げるが、放火事件が起きた日はどうだったんだろう。どこへ逃げても煙が追っかけてきたんじゃないかな。怖いよ、変だよって、どんなに驚いただろうと考えていって、前に誰かが彼にこんなことを言ったのを思い出した、チャガルチ市場の猫は本当にぽちゃぽちゃだね、ネズミを捕まえるからさ、市場の猫たちは。ネズミを捕まえたり魚を盗んで食べたり、たまにお店の人たちに食べものをもらっている、本当に大きい、ぽちゃぽちゃの猫たち。チェ・ミョンファンが猫を大きく、虎くらいにまで育てて、家との行き来にそれに乗ったら……耳につきまとう、不安げに走り回る靴のかかとの音のことを考え、音をほとんど出さずにたたたたたたたっと通っていく猫のことを考えた。今日か明日、ソウルに帰る前にまたチェ・ミョンファンに会えるかな。チェ・ミョンファンに会うことになったらまず猫の話を聞かなくちゃと思った。

　ともあれ今日会った猫は二匹で、おなかの白いチーズ猫（茶トラ猫）二匹だった。大きくて、鋭い目つきをして、堂々と歩いていった。チャガルチ市場は生き生きして生々しい水の匂いがしており、刺身屋が並ぶ通りをしばらく歩いてホルモンを売る店の前をいくつも通った。小豆入りのお餅と小豆粥を食べたせいか、不思議と力がみなぎっていた。甘いものはパワーをくれる。チャガルチ市場から宝水洞まで元気よく歩き、階段を上って中部教会に行った。いつも遠くから見るだけで通り過ぎる場所だったが、今日は入ってみた。礼拝の時間ではなかったので、二階の礼拝室は空いていた。しばらく前には二か所の聖堂に行った。聖堂にはステンドグラスがあり、日光はステンドグラスを通過してさまざまな色の影を作る。聖堂ではオルガンの音が聞こえ、聖像があり、教会には明るく白い照明と壁がある。祈りたいという気持ちにはならなかったし、罪を告白したい気持ちにもならず、誰かが何か尋ねたら、それはこういうことだとわだかまりなく言えそうな気がした。教会を出て坂道を上り、もう少し坂を上ったり下りたりして、さらにもうちょっと歩いて宝水洞に戻り、古本を見た。日本で出た古い編み物の本と、やはり日本で出た、平凡な服をどうやったらすてきに着られるか教えてくれる本を立ち読みした。服はきれいで、モデルたちもすごくきれいで、私には、初めて見るその人たちがもういない人たちみたいに思えて、一瞬とても懐かしくなった。ページをめくっている途中でふと、最後に会話した人が今日初めて会ったPさんだということを思い出した。もし私がどこかへ消えたら、例えば亡命して永遠に韓国に帰ってこなかったら、私の最後についてPさんが証言することもありうると思った。私の一生を証言するのにPさんはふさわしい人物だろうか。彼は私とマンションの話をしただけで、彼は私について知ってることがなく、私も彼について知ってることがない。でも彼は、私がマンションをどのように見ていたか、なぜマンションをパノラマで再現しようとしたのか話すだろう。それによって私という人が説明され、理解されるのは残念だとも思ったが、マンションをパノラマで再現しようとするところは、私のいちばん重要な点ではあるのかもしれない。

家に帰ってから、お皿を洗ってクッキーと一緒にお隣に返した。ドアを開けたのは私にお餅をくれた人ではなく、五十代に見える中年女性だった。彼は私に何か言おうとしてやめ、いつ引っ越してきたのかとだけ聞いた。私は午前中に買ったパンをコーヒーと一緒に食べ、また『チボー家の人々』を開いた。午前中に聞いたラジオの信仰相談とそれへの答えを思い出した、三十分ぐらい歩かないと行けないお店でお酒を買うと決め、家の外に出て歩いてください。お酒のことばかり思い浮かんでイライラしても、とりあえず歩いてください。

本を読み、読むのをやめ、午前中にPさんの部屋で見たマンションの間取り図のことを思い出したが、いや、間取りを思い出さなくても、ここから立ち上がって左手の部屋へ、右手のトイレへ、お湯を沸かす厨房へ自分で行ってみればいいんだ。寝室以外、引っ越してきた日と大きく変わってはいない。ところで左側の小さい部屋には何を置こうか。服を一、二着と下着ぐらい？本と植木鉢くらいかなあ。ここに置くのにいちばんふさわしい品物といったらパジャマだけど、一着はもう着ているし、もう一着はハンガーにかかっている。部屋には日差しがよく入り、日差しはテーブルを通り越してハンガーにかかったパジャマのところまで届いている。私は日差しの通り道の途中に横になり、顔を手でおおった。床に横になると遠くの音が聞こえるが、隣の讃美歌の音はもう聞こえず、ここは比較的車道に近いのだが、車が通る音は意外に聞こえてこなかった。マンションの中を歩いている人もあまりいなかった。みんな階段で行き来するので、同じ階を一人でも通ると足音が聞こえたが、その足音もしょっちゅう聞こえるわけではなかった。旅客ターミナルに行ったときは、船の汽笛の音が映画やマンガみたいにトゥ――と低く、大きく響いていたことを思い出した。駅で列車に乗るときは案内放送や人の声が大きく聞こえ、それに比べて列車の音は意外と、はっきりした大きい音には聞こえない。昔の汽車はそうじゃなかったのにね、昔の汽車は走っている間、人の声が埋もれてしまい、耳が詰まってよく聞こえなかった。それは列車の種類が違うせいだろうと思い、アメリカ文化院に火をつけた人たちが取り調べを受けていた場所が釜山駅近くだったといわれていることを思い出した。

対共分室[*1]には「内外文化社」という出版社の看板が出ていた。そこは出版社ではなかったが、出版社だったら、常に汽車の音が聞こえるところでどうやって原稿を見たりできるだろうと思い、それから、家も事務所もビルも店もないところにその出版社はあり、つまりそこが本当に出版社だったとしたら、他の音が聞こえないので社員たちも汽車の音に耐えられたのかも、と考えてみようとしたが、やっぱりそんなはずはなかった。内外文化社というその場所で、釜林《プリム》事件[*2]の関係者やアメリカ文化院放火事件の関係者らをはじめ、釜山地域の民主化運動関係者たちが調査を受けたというが、調査を受けたということは拷問を受けたという意味になる。列車の音は拷問する

＊1　警察庁の保安局に設置されていた、共産主義者を取り締まるという名目の部署。
＊2　一九八一年九月に釜山で、大学生や市民運動家二十二人が共産主義者として逮捕された事件。拷問による自白の強要があった。

音と拷問される音を消す。

旅客ターミナルに向かって釜山駅の近くを歩き、また歩いていくとそこからは遊覧船が見え、停泊中のヨットが見え、港湾公社があり、意外にもオフィステルやワンルームマンションと共に食堂がいくつかあり、工場の建物を改造したカフェがあった。海に沿って歩き、また歩き、草梁《チョリャン》駅を過ぎ、釜山鎮駅を過ぎ、右側にある海を眺めながら歩いていると、釜山港に入ってくる米軍物資の保管・運搬を司る米軍補給廠が現れた。ここの歴史はアメリカ文化院と同一だった。日本帝国主義の収奪機構として作られ、米軍が受け継いだ場所だ。ところで、地図で見ると影島を間に置いたこの海に埠頭の名前がいくつも見える。釜山港第五埠頭、第八埠頭、実際に歩いてみると、バスに乗ってみると、コンテナボックスが上り下りしたり止まったりしているのが見え、それにしてもあの中に何が入っているんだろうか　コンテナボックスはとても多く、果てしなく続く。海にはたくさんのものがあり、大勢の人がいて、果てしなく続くそれを、海に行って私は実際に見るだろう。

まだ床に横になったままでこの家に何が必要か考えてみたが、とりあえず鍋とフライパンと食器だと思う。ものを増やさない範囲で調理器具を買うことに決め、服を着て家を出た。ロッテデパートで食器と鍋　フライパン　やかんを見て、よさそうな食器がセール中だったので一つだけ買った。市場で赤い両手鍋を買い、スプーンと箸は木でできたもの一組、金属のもの一組を買い、しゃもじも買った。帰りにスーパーで米一キロと卵と醤油を買った。次はソウルから持ってこなきゃと思ったが、釜山行きのバッグにお米を入れてる人はいないだろうなあ。キムチも持ってこなきゃと思いながら家に帰ってきた。鍋でご飯を炊き、炊き上がったご飯に卵をかけ、電子レンジで温めて醤油をかけて食べた。こうなると洗剤とスポンジが要る。それと、家で必要な服はパジャマの上に着るフードつきパーカーだ。首をおおうと何となく安心して楽な気持ちで本を読んだり何か書いたりできるからだ。ご飯を食べ終わり、シャワーを浴びて服を着て、外に出て歩いてからコーヒーを飲んだ。これから高台にあるバーに行ってお酒を飲むのだ。

暗くなりはじめた夜の坂道を上りながら、釜山リスボン、リスボン釜山とつぶやいた。ちょっと前にニュースで、階段を道だと思って運転していて事故を起こしたという飲酒運転事故のニュースを見た。釜山ならありうるかもと思ったら、本当に釜山で起きた事故だった。釜山リスボン、釜山リスボン、リスボンリスボン、釜山リスボン。坂を上っていくと寒くなくて、白い息が闇の中に散っては消えた。斜面に建った家々を見ていると、両親は北から来ました、戦争のときみんな住むところがなくて、山に家を建てたからこうなったんですねと言っていたタクシー運転手の言葉が思い浮かんだ。ふと、チェ先生の車に乗ってここを上った日のことが思い出され、一か月も経っていないのに一昨年の春のことみたいに思われた。春にはここに桜がたくさん咲くという話を聞いたからかもしれない。とにかく、春になったらまた来るだろうし、その気にさえなればいついつまでも桜が見られる。バーに到着してドアを開けて階段を下りると、出ようとするお客がいて、途中でまた階段を上がらなければならなかった。彼らは外に出るとすぐタバコを吸っていた。暗いところでマスターを見るとちょっとぎこちない気持ちになったが、彼は自然にあいさつして席に案内してくれた。

――歩いてきたんですか?

――はい。マンションの前を通ってきましたが、その道がよかったです。

――春になると桜が咲いてもっといいですよ。

――そのころまた来ようかな。

水を飲み、ここが地下だということについてしばらく考え、とても高いところにある丘の地下について、上って上って着いたところが建物の地下だということについて考え、来年学位を取るのが目標だというPさんのことをしばらく考えた。

――いい時間に来ましたね。一時間後に大勢いらっしゃるんですよ。

――あ、そうですか? タイミングがよかったですね。

おまかせで三杯選んでくださいと注文して、私の前に置かれたお酒について少し説明を聞き、音楽を聴きながら、チェ先生とはどういうお知り合いですかと聞くと、彼は笑いながら、よく来るお客様だと言った。私もお客様ですよね。あ、そうですよね。マスターと私は同時にしばらく笑った。音楽はぴったりで、おいしいお酒を三杯続けて飲み、誰かが店を出るとき入ってきたお客がいて、チェ先生だった。私たちは目で笑って、一瞬でもうお互いを理解してしまったという目つきを交わした。何を知ってるのかな、何を知ってるというんだろうか、でもその瞬間は、水を水に混ぜるようにすべてが自然だった。私は彼ともう一杯飲み、また会おうねと言ってすぐに店を出た。

チェ先生はちょっと外に出て私を見送ってくれた。私たちは軽くハグして手を振った。外国人たちがやるみたいに。ゆらゆらしながら歩いていくのはいい気持ちで、偶然だろうか、隣の家の人が毎日サックスの練習をしているのか、私が下りはじめると同時にサックスの音が聞こえた。気持ちよくゆらゆらしながら、でも三十秒に一度ははっとして、しゃんとしなきゃ　しゃんとしなきゃとつぶやきながら笑いながらゆらゆらと歩いた。背中合わせに建っている丘の家々と明かりを懐かしく嬉しい気持ちで眺め、遠くではあるけどすごく遠くじゃないところにある慕わしい海のことを考えた。ゆらゆらする気持ちは永遠のようで、遠くじゃないあの向こうに海があり、海の匂いは生臭いようでさわやかで、私はここにいるけど、どこかへ……と思うと一瞬、遠くから聞こえてくる女の悲鳴がゆらゆらする肩を押さえ、その声は、ゆらゆら歩いているのは錯覚だと、そんな気分は大きな勘違いだと私に言う。じっと立ち止まってあたりの様子を伺い、声はもう聞こえず、その瞬間に酔いは覚め、歩みを速めて大通りまで歩いていくと、あの声は何だった

のかな　あなたはあの声がどういう声か知っているよねという声と、違うよ　必ずしもそうとは限らないよという声が素早く行き交う。

大通りに下りるともう酔いがすっかり覚めており、私はバナナ牛乳を買って飲みながら息を整えた。誰かが私を追いかけてくるみたいで、何度も後ろを振り返って見た。マンションの前のスーパーの明るい光が見えてくると少し落ち着き、そのままスーパーに入って食用油とラーメンとキムチとツナ缶を買った。スーパーを出ると、チーズ猫が五匹、工事現場のあちこちを上ったり下りたりしていたが、彼らが家族であることを誰も否定できないだろう。みんな似ていて、大きかったり小さかったりする。シャワーを浴びて横になったとき、明日は釜山タワーに上ろうと思い、釜山タワーの最上階は、いや、すべてのタワーの最上階は、つまり展望台は、パノラマに近いんじゃないのかなと思いながら眠りについた。

朝早く目が覚めた。ソウルに帰るために荷物をまとめ、ゴミを出し、シャワーを浴びてしばらく休んでチャーハンを作った。朝食を食べながら、これまで釜山でいろんなものを食べたなと思い、私とチェ先生が一緒に丸テーブルについていて、私たちの前にたくさんの料理が後から後から運ばれてきたのはいつだったか、偶然に目の前に映像のように見えたり消えたりしたもののことを考えた。キムチチャーハンはおいしくて、髪からは油のにおいがした。皿洗いをしてシャワーを浴び、コーヒーを飲みながら本を読んだ。釜山タワーには夜景を見に行く人が多いんだろうなだったら早い時間に行った方がいいと思った。

早朝の空気は爽やかで、昨夜の私はお酒を飲みに行くため坂を上って口から出てくる白い息を見たが、朝は坂を下りながら口から出る息を見ている。昼前から龍頭山公園に行く人は珍しく、公園に到着すると近くを散歩する人たちやジョギングをする人たちがいたが、何人でもなかった。夜には夜景を見にタワーに行く人がかなり多く、週末には並ばないといけないくらいだったが、午前中に来ると誰もいない。私はチケットを買ってタワーの展望台に上がるエレベーターに乗った。高速で地上から遠ざかり、釜山の海は日差しにきらめき、マンションやビル群の右手に頭を巡らすと大橋が見えた。私はこのエレベーターを十回くらい上り下りしたかった。だんだん遠ざかっていくビル群とだんだん広くなっていく展望を反復したかった。

展望台に着くと誰もいなくて、スタッフが自分の持ち場についているだけだった。私はコーヒーを注文して窓の方を見た。八二年にアメリカ文化院放火事件が起きた日、記事の写真には煙に包まれたアメリカ文化院の後ろに釜山タワーが見えている。釜山タワーからもアメリカ文化院が見えるが、ここから望遠鏡でアメリカ文化院を見た人がいるとしたら、誰が行き来し、中で何が起きたかわかるだろうかと思ったが、それは重要なことなのかな　コーヒーができて、コーヒーを受け取ってきた。窓ぎわに座ってコーヒーを飲みながらビル群を見おろした。高いところから調べるようにそこをよく見ることによって何かを知るのは、全然重要な問題ではない。私は、誰かがそこに立って何を見ているのか、何が見えるのかという問題の方が重要だと思い、いや、それも違うんじゃないかと思い、ところで煙に包まれたアメリカ文化院とその後ろの釜山タワーが写った写真を新聞であれ何であれ見た人たちは、毎日のように前を通っていた、あるいは龍頭山公園近くのあそこ、とだけ思っていたアメリカ文化院が焼けたということ、学生たちがここに火をつけて煙に包まれて……といったことたちを、私とは違う生々しさで受け止めたのだろう。

Pさんに、じゃあ建築家になるんですか？　建築家になることが、これから達成すべきゴールというか、目標、まあそういうことですか？　と聞いたとき、彼は、そうではあるんだけど外国でもう少し勉強したいと言い、有能な人たちと一緒に働きたいと言った。彼は釜山でいちばん好きな建物として、釜山タワーと海雲台《ヘウンデ》に新しくできた美術館と芸術大学のホールとアメリカ文化院を挙げた。それらの間にどんな共通点があるのかはまだわからない。Pさんと交わした会話のことを考えると、釜山の全景が三六〇度で迫ってくる場所に立っていたのに、一瞬、私の住むマンションの階段に立って東横インの建物を見ているような気分が兆して消えた。

——東横インを見てるんですか？

——はい。

——なぜ見てるんですか？

——そうですね。ここに立って見ていると、一つだけ別のものみたいに見えて、何でそれだけ違って見えるのかな、どうしてそうなったのかなって、考えるのが好きで。

私はここからも東横インが見えるかどうか、ゆっくり歩いていったら一周できるだろうと思いながら窓に沿って歩きはじめた。歩いてみると自分が何を見ようとしていたのか忘れ、忘れたま、目に入ってくるものを集中して見て、それからぼんやりと見て、座ってコーヒーの残りを飲み、また歩き、初めて見るビル群　そしてそこには誰かが住み　その人が私と会うことはおそらくないだろう。私は、私と似ていて私と多くのことを共有しているが決して会うことのない、私に似た人たちのことを思った。その人たちは私がきびすを返すときに建物から出てきて、反対方向に歩いていくだろう。そんなことを考えながらゆっくりと、背中合わせに建っているビル群を見て、海とそこに停泊している船を見て、タワーを下りてきた。東横インは見つからなかったが、東横インはもともとどこにでもあるので、そこにそのままあるだろう。

タワーから下り、八角亭でしばらく休んでから家に帰った。もうほとんど着くころ、マンションから降りてくるPさんと出くわした。釜山タワーを見てきたと言うと、え？　普通、夜景を見に行くとこじゃありません？　でも、この時間に行く方がいいですよね。下りてくるPさんと一緒に階段を下りていった。Pさんと一緒にお昼に「石器時代」で五香醬肉を食べた。寒い日ではなかったし、ランチにふさわしいメニューのような、そうではないような気もした。そういえば明日からは出勤だと思い出し、こんど、釜山タワーのどういうところがいいのか説明してくださいと言おうとしたが、ふと思ったのだがこんどっていつだろう。これからのすべてのことを、もう決められたことのように考え、その通りにしたくなった。でも本当にそうすべきだ。そうしないと、こんどについて考えることに身も心も奪われるだろう。こんどはすでに決まっていて、私はこんどに慣れて、こんどに従うのだ。

——大丈夫ですか。
——はい、ええ。
——何でそんなにぼーっとしているんですか？
——ちょっと疲れたみたいです。どうしたのかな。

私は銭湯の話をした。Pさんはマンションの中にある銭湯に一度も行ったことがないと言い、年に二度東萊《トンネ》の銭湯に行くと言った。昨日バーに行く途中で銭湯の煙突を見たことを思い出し、次はそこに行こう。そう決めて、そのようにしよう。五香醬肉は小さいサイズのでも一人で頼むと残ってしまうが、同じものを二人で食べれば全部食べられるという事実が店を出るとき今さらながらに感じられた。坂道で手を振って私は家に帰り、読んでいない本をバッグに入れ、でも『チボー家の人々』はテーブルの上に置いておいた。もうちょっと掃除をして休んでから駅に向かった。連休は昨日で終わったが、駅は混雑しており、人々は荷物を持ってあちこちへ運ばれるうのは笑顔になるようなことらしいと思いながら、私も早くソウルに運ばれていくのを待っていた。みんな笑顔に見え、全員が家に帰るわけではないが、どこかへ帰っていくというのを待っていた。

十九時間走った列車

キム・ウンスクが八〇年五月の光州での虐殺について詳しいことを知ったのは、八〇年十二月のキリスト教長老会青年総会の後の討論会の際だったという。前にも光州の話をちらりと聞いたことはあったけれど、それまでは信じられなくて、だがこの青年総会で光州に関する生々しい話を聞いたのだ。放火を提案したのは、主導者であり、その後死刑を宣告されることになるムン・ブシクで、彼はキム・ウンスクとともに八〇年十二月に光州の虐殺の詳細を知り、その後八二年二月末にキム・ウンスクと話しているとき、初めて放火のことに言及した。彼が八一年の一年間をどのように過ごしたか考えた。キム・ウンスクは、その時期のムン・ブシクはふだんとは違い、ほとんど冗談を言わなかったと語った。八〇年五月十七日から二十七日までの光州の状況は、八〇年六月にカトリック光州大司教区司祭団が「光州事態の真相」というタイトルでまとめている。人々は息を殺して自分が見たものを伝える。文章によって、声によって伝達されたそれを以後、徐々に他の地域の人々が知ることとなり、それぞれの方法で理解するようになる。八〇年六月の

八〇年七月の　八〇年八月の　八〇年十二月の　八一年の　八二年の光州はどのような場所か。そのとき、光州の空気と匂いはどうだったのか。

列車に乗ると外の風景は素早く過ぎ去り、私はどこかに向かっており、素早くどこかへ運ばれ、どこかへ向かっているということに体で慣れていく。私は二〇〇〇年の　一九九九年の　一九九五年の　一九九四年や九三年九二年の　一九九〇年の　一九八九年の光州をゆっくりと振り返ってみようとするが、八三年の　八二年の光州は　八〇年十二月の　八〇年十一月の光州はどんな場所だったのか。八〇年五月二十七日以降に人々が街に出て水をまき、掃除をしている姿を撮った写真を見たことがある。ほうきを持って出かけたら、道を血が流れているのだ。その匂いと空気と光景を私は知らない　知らない　知っていない。人々は掃除に明け暮れ、街はまた徐々に以前のような姿に戻るけれど。多くの人は学校に戻り、会社に戻るが、すべてが元通りになるとしたら、元の場所に戻れないものが元の場所に戻るとしたら、八〇年六月は八〇年四月と同じ場所だろうか　望みはなく、茫然たる思いを抱いて人々は死体を探しに行き、取り調べを受け、連れ去られ、隣の空席を見、どこにいるのかわからない友人たちを探し回り、どこにいるのかわかる人々、元のままの席に座っている人々は自分たちが見たものを思い出さないようにしても思い出してしまい、時間は流れるはずがなく、だがどんな流れ方であれ流れないはずの時間は流れていき、八〇年六月が　八〇年七月が　八月が　八一年が　八二年がそんなふうに、つまりどのようにであれ流れるしかないから流れているという状態について考えた。八一年の　八二年の時間が光州で流れているという事実が、八〇年五月以降も時は流れ、人々は生きているという事実が、同時に、時は流れ人々はもう死んだという事実が、釜山アメリカ文化院に火をつけた人々を耐えがたくさせたのだろうと想像しながらも、同時に、これもまた錯覚でありうると思いながら窓の外を見ると、列車には目的地がなく、列車は果てしなく走っているようで、果てしなくというのが誇張なら、十九時間ぐらい走りそうだ。時が流れるように走りそうだ。

私は以前、光州全羅南道地域の美術家たちが八〇年冬に「二〇〇〇年のためのパーティー」を開いたという文章を読んだことがある。二〇〇〇年は未来であり、何にも増して明確な未来であるべきで、八〇年の冬において、二〇〇〇年という未来に自発的に体を慣らし、それを飲み干さずには、生きる力が湧いてこないかもしれない。二〇〇〇年は、光州の真実が人々に知れわたっている未来であり、民主的な未来だ。ソウルの　釜山の　大邱の　大田の　済州島の人々は八〇年に光州でどんなことが起きたか知っている。誰がそれを指示したのか知っており、彼らは法の裁きを受けている。二〇〇〇年はそのような未来であり、我々はパーティーの間、そのような未来を生きている。「光州全南美術家共同体は他の芸術家たちとともに一堂に会し、一九八〇年十一月に『二〇〇〇年のためのパーティー』展を開いた。独裁が終結した後の時間と空間を楽観的な気持ちで招き寄せようとする初の展示会の作品は、すべて軍部に没収された。画廊の確保は難しいと見るや、彼らは『芸術の健康さ』のために川沿いに移動し、5・18（光州事件を指す）犠牲者の苦痛と苦難を記念し、和らげてやろうとする。彼らは宣言した。『人間の尊厳回復のためにはまず芸術家自身が自らについて熟考すべきであり、この時代に矛盾をもたらしている社会の不条理に断固として向き合わなければならない。従って、我々芸術家たちはこの時代の良心に基づき、人間の尊厳の向上に我々自身を捧げることを宣言する』。一九八〇年のソウルで、民衆美術は美術同人『現実と発言』の展示のために初めて展示スペースを持った。政府は直ちにそこを閉鎖した」。二〇〇〇年の大統領は金大中大統領です、と言ってみると、それは「二〇〇〇年のためのパーティー」でやりとりされた会話のようでもあり、実際に金大中大統領が二〇〇〇年の大統領だったことは明確な事実のようでもあるけど、別の世界で信じられていたことを誰かが生きのびて持ち帰ったようでもある。二〇〇〇年の大統領は金大中大統領です、彼は九八年の選挙で大統領に就任しました。それは遅すぎたのではありませんか？　金大中先生はそうやってまた落選するんですか？　その前の九七年の大統領は金泳三大統領で、そのときＩＭＦ通貨危機が起き、その何年か前の九四年には北朝鮮の金日成《キムイルソン》主席が死んだんですけどね。とても暑かったです。みんな、すさまじい猛暑と金日成主席の死を一緒に記憶しています。九三年八月には大田万博が開催され、同時期に合水《ハプス》ユン・ハンボン[*1]は帰国しましたが、帰国というのはどこからの帰国かといいますとね。九三年になってようやくユン・ハンボンへの手配が解除され、彼はアメリカから帰国します。合水ユン・ハンボンは5・18関連の最後の指名手配者でした。九二年にソテジワアイドゥル[*2]とい

＊1　社会運動家、光州事件で指名手配されアメリカに亡命。合水は号。
＊2　ラップを取り入れた歌とダンスで若者の熱狂的な支持を集めた男性グループ。

う人たちがデビューし、その前年の九一年にカン・ギョンデ*が死に、大勢の学生が死に、そして九一年はソビエト連邦が解体された年です。ひょっとしたら、そんなことはパーティーで話す必要はないのだろう。私は他のことを知らないのと同様、二〇〇〇年のためのパーティーも知らないし、想像することもできない。

二〇〇〇年は光州の真実が人々に知れわたっている未来であり、民主的な未来だ。ソウルの釜山の　大邱の　大田の、済州島の人々は、米国の　ソ連の　中国の　日本の　ドイツの　フランスの　英国の　イタリアの　ベトナムの　キューバの人々は、八〇年に光州でどんなことが起きたか知っている。誰がそれを指示したのか知っており、誰が光州市民を殺したのか知っている。彼らはみな、法と社会と人間の審判を受けた。二〇〇〇年はそのような未来であり、我々はパーティーの間、そのような未来を生きている。

ソウルに到着して列車を降りたとき、人々はみな荷物をいっぱい背負ったまま上へ、上へと上っていった。一人暮らしの私の家に誰かが待っているとしたら、例えばPさんみたいな人が待っていて、釜山に行ってきたの？　と尋ねたら。実際のPさんは釜山に住んでいるけど、ソウルに住んでいると考えてみたら。私は荷物をほどいて、練り物買ってきたよ　釜山からパン買ってきたよ　食べてみて　食べてみてと言うだろう。そして二人でパンをおいしく食べる。私は荷物を開けて、隣に誰かがいるみたいに、食べてみて　食べてみてと心の中で言いながら、家の前のコンビニで買ってきた牛乳とあんドーナツを食べた。おいしかった。パンはおいしく、おいしいパンというのは本当においしい。シャワーを浴びて本を読み、ベッドに横になったとき、まったくもう明日出勤するなんて　釜山のあなたはぼーっとした顔で、まるでこの世の果てまで歩いていく人みたいにゆらゆらしながら道を歩いて歩いてまた歩いていくけど、明日から椅子に座って与えられた仕事を普通に、そこそこにやり遂げるために多くの力を注ぎます。だよね　そうだよねと思う間もなく眠りにつき、翌日はあわてて起きて出勤した。

金曜日の午後、仕事が終わった後には昌信洞《チャンシンドン》に行った。東廟《トンミョ》市場で干し鱈のスープを飲み、昌信洞の路地を歩いた。このあたりの家は釜山の中区みたいに、路地に沿って背中を突き合わせて続いていた。ソウルのあらゆる通りは全部再開発されたみたいだけど、ある路地まで来ると何十年もの時間を、ときには百年以上の時間を横切っていく感じがする。いや、横切るというより、時間は古い路地の塀の下に風のように溜まっていて、それからまた先へ行くという感じだ。それにしても……でも私は九〇年代の　八〇年代の　それ以前のソウルは知らないので、ここに流れている時間帯をそんなふうに推測するだけだ。キム・ウンスクは縫製労働者の子供たちのための学校で働いていた。東大門はせわしなく、大勢の観光客が行き来する場所のようだが、その近く

＊　当時明智大学一年生、デモの際に警察に殴打されて死亡した。その後、政府に抗議する学生や市民の焼身自殺が続いた。

をゆっくり歩いて照明の明るい商店街を通過すると、一ブロックの差で何もない、街灯さえない暗い路地が登場した。登場したんじゃなくて、それはそれとしてそこにあっただけだけど。キム・ウンスクが働いていたという場所を通るとき、もう暗い路地には誰もおらず、学校の門は閉まっていて、顔を上げると「重荷を負っている人たちは私のところへ来なさい」という教会の掲示が見えた。私は最近教会へ、聖堂へとよく足を運ぶ。重荷は負っていないが、負っていないまで座って目を閉じ、祈る声を聞く。目を開けるとある人はすでに去り、ある人はまだ祈っていた。私は負った荷が辛いなら聖堂に行くだろうし、教会に行くだろう。行ってとりあえず座り、目を閉じて泣くだろう。そして眠くなったら眠り、祈りたければ祈るだろう。すると誰かがそばで私のために祈ってくれるだろうし、祈ってくれなかったら、祈ってくれと言うだろう。そんなとき誰かが祈ってくれたら、私は嬉しいけれども早くドアを開けて出ていきたくなるかもしれない。

路地は暗かったが怖くはなく、背の低い家々は端正で古びていた。ソウルってどういう場所なんだろうな、私は路地に沿ってずっと歩いていけそうで、歩いて歩いてまた歩いていくと道端の猫が私をちらりと見て通り過ぎた。肩の力を抜いて軽く歩きなさい　このぼんやりの、のろまで、頭のはげている大きな猫さん。猫は家と家の間の狭い、通路ともいえないような狭い空間を通り過ぎていった。

＊

蔚山に引っ越して以後、ユンミ姉さんとは、一緒に住んでいたときのようにはしょっちゅう会えなかった。蔚山には前も住んでいたのに、いや、誰かがスミに故郷はどこと聞いたら蔚山と答えてきたのにしばらくなじめず、釜山に帰りたいとしょっちゅう思った。スミはいつもジョンスンの手紙を待っていて、夏休みに釜山に寄ったときは毎日ジョンスンと図書館で、ときには宝水洞で、南浦洞で会った。二人は一緒に勉強して売店に行き、週末には南浦洞を歩き回り、新しいお店などをあれこれと見物した。宝水洞に問題集の古本を買いに行って古本を物色し、本を買ってからパン屋でパンを食べた。パン屋でパンを食べ牛乳を飲むとき、何年か前の光州のことが思い浮かぶときもあった。スッチャおばさんの分厚い、しわのできた手と、スミを見て吠えていた隣の家の犬と、道庁に向かって歩いた道と噴水、印刷所付近の家々。チョ・ユンミとチョ・ユンミのことをしばらく考えた。

ユンミ姉さんは同じ聖堂に通っていた人と結婚したが、高校三年の中間テストの時期だったのでスミは結婚式に行けなかった。母さんが、ユンミ姉さんはドレスではなく白いチマチョゴリを着て結婚したと教えてくれた。お祝いには長鼓《チャング》を打って歌を歌う人たちが来たという。スミは、ユンミ姉さんのはやっぱり普通の結婚式じゃなかったんだな、私はドレスがいい　きれいなドレスを選んでそれを着てやろうと思ったが、受験のストレスのせいで、結婚だろうが何だろうが試験さえ終わればやれないことはないような気がしていた。結婚した姉さんは塾を経営したり家庭教師をやったりして、けっこうお金を稼いでいると聞いた。スミはソウルの大学に行き、お正月などで姉さんに会うことがあったが、久しぶりに会った二人は大人っぽく自然にお互いの様子を聞いた。

——元気？　勉強頑張ってるんだって？

——大学生ですから。お姉さんもお元気ですよね？

姉さんは、休みのとき釜山に来たら塾の仕事を手伝ってくれと言った。スミはいいですよと答えた。ジョンスンは大学に行かず、浪人して予備校に通っていたが、両親が離婚したので母さんと一緒に東京に行った。こんどはジョンスンがスミにしょっちゅう手紙を送ってきた。スミは大学を二年生まで終えると一年間休学した。アルバイトでお金を貯めてジョンスンに会いに東京に行ったが、何もかもがすごく、すばらしく見え、何もかもがスミには高かった。あんまり高いので歩いてばかりいたが、それでも楽しかった。二人は笑いながら大喜びで駆けずり回った。ジョンスンは大学に通いながらアルバイトをしていると言い、大学の演劇サークルで活動していると言った。いつも遠いところに行きたいと思っていて、まずは遠いところであるソウルに来たけれど、もっと遠いところに行きたいと思った。船に乗って遠いところに行くんだと思っていた、あの鮮やかな気持ちが、意志が、ときどきスミにやってきて、スミはそんなことを言っている中学生のスミの肩を抱いてやりながら、ときどき他の場所を見ていた。ジョンスンは、ほんとは最初のうち釜山に帰りたくて毎日泣いていたと言い、スミは道の真ん中でジョンスンを抱きしめた。スミは韓国に帰る日、必ずまた東京で会おうねとジョンスンと約束した。ソウルに戻ってからはアルバイトをしながら日本語と英語を勉強した。母さんは、日本語はユンミ姉さんが上手だよと言った。昔はみんな、本は日本語で読んだもんよ。そういえば学科の先輩で年上の人たちの中にも、日本語の上手な人たちがいた。そのころは釜山のおばあちゃんの家で過ごし、母さんが紹介してくれた家で家庭教師をやり、一か月もすると生徒が急に増えて忙しい毎日だった。そんな中、船に乗って大阪に行ったこともある。ジョンスンが新幹線に乗ってスミに会いに来て、もー、私たち東京で会おうって言ってたじゃないの！　と笑いながらハグをした。ジョンスンが予約した古いホテルに五泊して、京都と神戸にも旅行した。初日には大阪のあちこちを見て回り、ホテルの近くでお酒をいっぱい飲んでホテルでさんざん吐いてから寝た。旅の二日めの朝、二日酔いで苦しそうに眠る二人。ざっとシャワーを浴びて寝た二人は予定より遅く目が覚めた。目が覚めたジョンスンがスミを見ながら突然、ところであなたの叔母さんはどうしてる？　と聞いた。

――私もあんまり会ってないんだ。あなたとの方がよく会ってると思うよ。

――あのさ、あなたに会いに行くって言ったら、お母さんが急に聞いてきたんだよ。あの叔母さんはどうしてるのかって。私、あのときあなたにあんなこと言って、すごく悪かったと思ってたんだけど、言えなかったんだ。

――何が？

――何か、縁起でもないことみたいに言ったじゃん。

――そんなことなかったけど？　わかんないけど。だって、縁起でもないともいえるんじゃないかな、そういうものかもしれないよ。

――そうかなあ。とにかく、ごめんって思ってたの、ずーっと。お母さんも、すごい犯罪みたいに言ったわけじゃなかったし。

――あのとき、私にコーヒー二回もおごってくれたよね。

――それ覚えてる？

スミはジョンスンを抱きしめて、覚えてる！　覚えてる！　と言った。何となく、このホテルは覚えていられそうと思った。二人はホテルの白いバスローブを着て白い布団をかけ、前日にお酒を飲んだので二日酔いで、やっとのことで目を覚まし、起きて水を一杯飲み、ジョンスンはフロントに電話して日本語で何か言い、何をくれって言ったの？　と聞くと、うん、電話したらパンを持ってきてくれるんだって。少しすると昨夜フロントで鍵を渡してくれた制服を着たおじいさんが、コーヒーとパンとゆで卵を二個ずつ持ってきてくれた。お酒を飲んだ後でこんなの食べたくないと言いながらも、テレビを見ながら寝そべって残さず全部食べた。スミは、こんなに時間が経ってからでもユンミ姉さんのことで何か聞かれると緊張するもんだなと思い、叔母さんが変な行動をしたらすぐに報告しろとスミに言った担任は、スミが大学に入った年に交通事故で死んだことを思い出し、ジョンスンにそのことを話した。その話は母さんから聞いたのだが、彼が死んだとき四十歳になっていなかったことが思い出され、周囲の人たちは、とても若くして死んだと言っていたが、四十歳という年齢が実感できなかった。イ・ジョンスク先生はまだ結婚していないそうで、毎日酔っ払った顔をして授業をしていた体育の先生は酔っ払ったままで生徒に体罰を加え、その中に国会議員の娘がいたためクビになったそうだ。スミとジョンスンはそんなふうに記憶に残っている人のことを話しつづけ、そうやって午前中ずっとベッドの上で休んでからやっとシャワーを浴び、服を着てホテルを出た。梅田近辺を歩き回り、京都には明日行こうねと言い、何もしなくても楽しくて、一緒にあちこち歩き回った。お互いに写真を何枚か撮ってあげたり、通りかかった人たちに頼んで一緒に写真を撮ってもらったりもした。時間が経って写真を現像したとき、中学時代とは違って自分は韓国人みたいで、ジョンスンは日本人みたいに見えたことを思い出した。ホテルのベッドの白いシーツと白いガウンと白くむくんだ顔、白い腕と白い足、白いゆで卵が思い浮かび、それと共にスミは、ユンミ姉さんが今どうしているのかは知っているのに、なぜかすぐに答えられず、あいまいに返事したことが思い出され。

その年はずっと釜山で過ごしたのに、スミはなぜユンミ姉さんと会わなかったのか、その理由は思い出せなかった。そのころにはもう姉さんが、堅苦しい、気軽につき合えない大人の親戚みたいに思えていたようでもあるし、家庭教師をいっぱいやっていて忙しかったからかもしれず、姉さんが結婚したので家が遠くなったからのようでもある。スミは忙しく家庭教師をやってお金をたくさん稼ぎ、朝早く日本語学校に通い、家ではすきま時間を作って英語を勉強した。翌年に交換留学でドイツに行き、大学に戻ると残りの学期を必死で終えて卒業した。就職活動は大変だったが、ソウルのある文化財団にやっと就職して働きはじめた。スミは仕事をしながら、大学のときに家庭教師をやっていた子たちに週末に会って勉強を見てやり、大学院生の恋人とはしばらくして別れた。文化財団で五年働いている間にジョンスンが同じ大学のサークルの友達と結婚し、スミはジョンスンの韓国の友達としては一人だけ結婚式に出席した。ジョンスンは披露宴でドレスを何度も着替えた。丸テーブルにはスミの名前を書いた名札が貼られており、ジョンスンに頼まれて、二人の中学校生活について立ってスピーチした。ジョンスンの大学の友達である韓国人の同窓生がスミの話を通訳してくれた。結婚の翌年にジョンスンは女の子を産み、スミが仕事を辞めた年にジョンスンは離婚した。二人はもう手紙ではなくメールでしょっちゅうやり取りするようになっていた。職場と家庭教師で貯めたお金で東京の大学の大学院の修士課程に応募して合格し、そうやってスミは留学生活をスタートさせた。学校に通いながら週に二度韓国語の教室で教え、中国料理店でアルバイトした。仕事をしながら子供を育てていたジョンスンと仕事をしながら留学中のスミは、二人ともなかなか時間が作れなかったが、それでも二か月ぐらいに一回は必ず会った。怖くて、辛くて、どうしたらいいのかわからない日々が続いたが、それでも時間は流れ、それでも楽しい日々があった。土壇場でどう乗り切ったのかまるで思い出せないような時期を経て論文を提出することができ、無事修士課程を終えた。その後、韓国企業の日本支社に勤め、そこで忙しく働いていたとき、ある日ユンミ姉さんから連絡が来た。姉さんは東京に来ると言った。姉さんの代わりにホテルを予約して、二人はホテルのロビーで会う約束をした。

タワーにて

二月の末に釜山に行く途中、次は桜の開花日に合わせて来ようと思った。釜山駅に降りるとぽかぽかしていて、まだ冬のようなソウルの天気に比べたら、もう春が来たような感じだった。それでも海風は強く吹きつけ、髪を軽くもつれさせ、スカーフをまた結び直させた。ぽかぽかの中でも吹きつけてくる海風を感じながら家に向かい、釜山に来るたびに感じることだが、どこまでも歩けそうな感じで家を通り過ぎてもう少し歩き、外でコーヒーを飲んでから家に帰った。家から持ってきた煮干しと粉唐辛子を食器棚に入れた。後でスーパーに行って必要なものをいくつか買おうと思った。

今回来るまでの間に、学会の発表のためにソウルに来たPさんに会ったことがあり、ところでソウルで会うと、いやマンションじゃないところで会うと何か変ですね。と笑いながらちょっとぎこちなく話を始めたが、時間が経つとすぐ会話は楽になった。時間があったので、一緒に明洞の韓国銀行の近くを歩きながら、変わりそうにないと思える風景について話した。

――私、このあたりはほとんど変わってないような気がします。
――違うと思いますよ。ほら、見て。私が去年ソウルに来たときは、あそこにあんなものはなかったですよ。それに、前はここにこの古い建物があったんです。

Pさんは携帯電話で写真をしばらく探して何枚か見せてくれた。釜山に比べたら本当に寒いという話をしながら立ち上がって歩いた。コーヒーを飲みながら、またすぐ釜山に行くと言い、私たちは釜山で私たちの住んでいるマンションで会う約束をした。そう言うそばから、変な約束だと言ってちょっと笑った。

家で洗濯をして持ってきたパジャマをハンガーにかけ、コートを脱がずスカーフもほどかないままで布団の上に横になってみた。今日は書いていたものの続きを書き、明日の夕食はチェ先生と一緒に食べることにした。チェ先生は前にPさんの話を聞いて、こんど一緒に食事をしようと言っていたし、同様にPさんもチェ先生の話を聞いて会ってみたいと言っていたので、今回会ってみてもいいかなと思った。布団は相変わらず冷たく、起きてボイラーをつけてコートをかけ、楽な服に着替え、チボー家の人々は相変わらずテーブルの上で私を待っていた。彼は私の友達で、私にはそういう友達が何人かいた。バッグからノートパソコンを取り出してテーブルの上に置き、プラグを差し込んだ。続いてソウルから持ってきた何冊かの本をテーブルの上に置き、バッグからみかんを五個全部出して載せた。窓を開けて換気を、寒いけれども、遠いところから春が来ている、寒いけどぽかぽかしてると釜山駅に到着したときすぐ感じたことをもう一度思い出しながら、他の部屋の窓も開けた。床を拭き、流し台も拭き、コーヒーを一杯飲んだ後、そういえばドリッパーとコーヒーミルも買わなきゃと思いながらトイレの床を拭いた。そうやって体を動かしてみると、本当はしばらく本を読むつもりだったけど疲れて寝てしまった。

三十分くらい寝ただろうか、お隣では聖霊の恵みを讃えはじめ、その声で目が覚めたとき、日差しが布団の上を横切っていた。私はいつだったかこんな日差しを見たことがあると思い、すると同時に夏のジュネーブを歩いているジャックがちょっとの間やってきて、また自分の道に戻っていった。この前聞いたアルコール依存症患者の悩み相談が思い浮かび、あの番組をまた聞きたいと思った。日がよく入るいい家だと、二回めにチェ・ミョンファンに会ったとき、コーヒーを飲みなさいと私にカップをくれてそんなことを言ったっけ。半年も経っていないのに何だか遠い昔のことのように感じられ。起きてみかんを食べ、買うべきもののリストを作ってみた。まずはインスタントコーヒーを買い、ドリッパーは後で買うことにし、シャンプーと洗面用具を新しく買おうと思った。コートを着て下りていくと、Pさんがまた東横インの見える場所に立っていた。

——何でそんなにぼんやり突っ立ってるんですか？　ほとんど銅像みたいですよ？

――勉強しててちょっと外に出たんです。今日の夕方ですよね？

私は、時間が中途半端だから、コーヒーを飲んでから行こうと言った。日が暮れはじめていて空は赤く、その向こうは紫色だった。とてもきれいで、ところで今日はＰＭ２・５がひどいらしいけど、あの色は晴れた日だと違って見えるのかな。晴れた日には見られない色なんだろうか。私たちはどこへ行こうとも言わずに歩いていき。

――私、前にここで夏休みにアルバイトしたことがあったんですよ。

――ここ、何をするところですか？

――えーと、貿易会社らしいんだけど。

私たちはＰさんが指さした古いレンガ造りの建物の中に入り、とりあえず階段を上った。屋上に上るドアを押すとドアは軽く開き、私たちは遠慮がちに屋上に上がった。屋上の床は緑色で、枯れて葉っぱが黄色くなった植物が植えられた植木鉢が二列に並んで屋上の片側を埋めていた。釜山タワーが近くに見え、近くにということで、手に取れるほど近いということではない。大通りから見るよりは近くにということで、中区の古いビル群が、それぞれの特徴がわかるくらい近くに見えた。当然のことだが今、屋上に上っている人は誰もおらず、強烈で鮮明なオレンジ色の空が、ここが端です　地球はこれで終わりですと言っているみたいだった。でも空が暗くなり、みんなにとって慣れ親しんだ暗闇がやってくると、私たちはまたこんなふうに一日を終えたということに気づくだろう。そうやっていってある日本当に終わりを見ることになり、そのときになったら私たちは、何度も練習した終わりを、よく見知ったもののように迎えるのだろう。ここからこれが見えたけど、私たちは新しく見えるものを数えることができるけど、こんど上るときには、いや、上れないかもしれないな。そんな話をして屋上を下りてきた。チェ先生の家に行く前にカフェに寄ってコーヒーを飲んだ。先生にあげるコーヒー豆を一緒に買った。ずっと歩いたせいか、まだ夕ご飯前なのに何だか疲れて、つっ伏して寝たかった。

——列車に乗ってきたから疲れたんですね。

私はそうみたいと言い、コーヒーを飲めばましになるだろうと言った。コーヒーを飲みながら目を大きく開けていようと頑張り、いつも違う局面から接近してくる瞬間を意識した。釜山から近づいてくる瞬間たち、そこでだけ生き生きしている場面たち。その中のどれを選んでもよく、すぐに手に入るものをつかんでもよく、考えを持たずに体のおもむくままにしてもいいと思った。Pさんは花を買って行こうと言い、コーヒーを飲んで立ち上がり、近くの花屋でチューリップを買って行った。チューリップがとてもきれいだった。

チェ先生の家には、この前会ったセヨンさんとセヨンさんの弟と弟の友達が来ていた。私たちはPさんに、我々は家主―元借家人―現借家人の間柄だと、チェ先生とセヨンさんと私の関係を紹介した。セヨンさんが借りていたのは私が今住んでいるところではないが、セヨンさんと私をつないでいるのが同じ大家さんから家を借りたことだという事実が面白かった。普通なら会うこともないし、笑って会えるのは稀な関係で、私たちだってある瞬間には笑いを引っ込め、冷たい表情で手に持ったものを互いに差し出し、ポケットに入っているものも取り出して見せろと言わなくてはならないのかもしれない。私たちは心のどこかで、そういうことにもすっかり備えができているのだろう。チェ先生はオレンジ色のチューリップがとてもきれいと言い、透明なガラスの花瓶に挿して食卓の上に置いた。ちょっと前の空の色のようなオレンジ色だと思った。セヨンさんの弟の友達とPさんは同じ高校出身であることがわかって急に親しくなり、私はもうセヨンさんとセヨンさんの弟の顔は覚えたみたいで、一、二か月後に道でばったり会ってもわかりそうだと思った。セヨンさんの弟はこれまでチェ先生の事務所で書類整理のアルバイトをしていたが、ワーキングホリデーのビザを取って来月ドイツに出国する予定だそうだ。チェ先生はPさんに、よかったらその仕事を引き継いでくれないかと言い、セヨンさんの弟は、そんなに難しい仕事ではないと言った。人に会って話をしていると、さっきのカフェでの疲れと眠気はいつの間にか消え、Pさんはどこで誰に会って話をしてもあんまり不自然に見えない人だという気がした。そう思うと私はまた、マンションの中の階段の手すりが交差するV字の間に見える東横インの建物を見ているような気持ちになってくる、彼は紙コップに入ったコーヒーを飲みながら、初めて会う私にも平気で話しかける。セヨンさんの弟は台所に行ってチェ先生を手伝い、セヨンさんは食器を持ってきて食卓に置いた。しばらくして、私たちはみんな一緒にたくさんのものを食べたけど、チェ先生の家に行くといつもいろんなものをおいしく食べ、おなかいっぱいだと思いながらまた食べて寝ちゃうよねと思い、もう一度チェ先生の洗礼名を思い出し、これは運命なのかなと思いながらおいしいものをたくさん食べた。サラダとタコとすき焼きとエビフライをワインと一緒に食べた。セヨンさんの弟の友達は公務員だそうで、いつも忙しくて余裕がないけど、今日は久しぶりにくつろいでおいしいものを食べたと言った。ワインは彼がプレゼントにもらったのを持ってきたものだった。弟の友達とセヨンさんが一緒に皿洗いをし、私はコーヒー豆を挽いてコーヒーを淹れた。

――もう逃げられないですね。

――何がですか?

――三月になったら、もう逃げようもなく時間が過ぎるでしょ。

私たちはしばらく、やるべきこと　逃げられないこと　怖いことについて話し、私は、でも釜山で桜を見たことはないからそのときに合わせてまた来るつもりだと言う。この前バーでチェ先生と会った話をすると、セヨンさんは、何で私は誘ってくれなかったのとわざと怒った顔をしてふざけ、私たちは春にみんなで行こうと話す。弟の友達とPさんとセヨンさんはタバコを吸ってくると言ってしばらく外に出て、セヨンさんの弟は電話してくると言って出かけていった。私はチェ先生と並んでソファーに座り、コーヒーを飲んだ。私たちはソファに頭をもたせかけてしばらく休んだ。この前は雪が降っていたけど、みんなで一緒に雪を見て楽しかったな。春が来るんだ　私たちは足が地面から五センチくらい浮いたような状態で歩いて歩いてまた歩くことになるだろう。私たちは一緒に桜を見ることになるかもしれないと思い、しばらくその様子を思い描いてみた。

十時を回ったのでPさんと私はチェ先生の家を出たが、セヨンさんとセヨンさんの弟、そしてその友達はもうちょっとしたら出て、締めくくりに焼酎を飲むそうだ。Pさんは帰ったらプレゼンの準備をすると言った。明日の午前中に一緒に釜山タワーに行くことにして、忙しいだろうに大丈夫かと私は聞き、私たちは酔い覚ましを兼ねて道を渡り、海に向かって歩いた。Pさんはチェ先生の事務所でアルバイトすることに決まったと言う。おおー、誰のおかげかなあ？　と言って私は笑い、Pさんは、僕は紹介してあげる人がいないね、誰かいるかな、誰を紹介してあげようか？　と言いながら歩いて歩いてまた歩いて、顔を触ってももう熱くなくなったころマンションに帰り着いた。Pさんは、こんどゲストハウスに一緒に住んでいる人たちの話をしてあげると言った。私たちはそれぞれの入り口で手を振り、私は階段を上る途中でふと思い出してスーパーに行き、インスタントコーヒーとラーメンとリンゴを二個買った。牛乳とクラッカーも買った。ちゃんとした人になるためには一度死ななければなりません。誰かがそんなことをささやくのが心の中で聞こえ、一度死んだら？　生まれ変わるの？　それとも？　死んだ人じゃないといけないの？　生きてる人には見込みがないってこと？　と聞き返しながら階段を上った。窓を開けておいたので家の中は寒く床は冷たかった。ドアを閉めてボイラーをつけて手を洗ってお湯を沸かした。疲れていたけどなぜか座っていたくて、座って『チボー家の人々』をもう少し読んだ。手が冷えていたので、カップを持ったまま手を温めながら本を読んだ。明日はノートパソコンを開け、書いていたものを続けて書こうと思った。シャワーを浴びて下着と靴下を部屋に干した。布団をかけたとき部屋はまだ暖まっておらず、また起き出して明日はくつもりだった靴下をはいて横になった。Pさんとは十時に会うことにした。たぶんまだ発表の準備をしているだろうと思い、焼酎を飲んでいるセヨンさんとセヨンさんの弟とその友達のことを考えた。チェ先生の小さい方の部屋はいつも整理された様子でわが時を過ごしているという感じで、入ったことのない方のチェ先生の部屋は見たことがないが、きれいで居心地がいいのだろう。チェ先生におやすみなさいと心の中であいさつをすると、地球の上に布団が二つ浮かんだ感じになり、Pさんの発表の準備がうまくいくように応援しながら眠りについた。私は二匹の犬が私を熱烈に愛していた夢をときどき思い出した。

雨が降っていたけど、でも出かけたいと思って起きた。Pさんは先に出てきていた。

――雨はそんなに降ってないから、出かけませんか?

――私はたくさん降ってても出かけたいです。

食べていなかったみかんと魔法瓶に入れたコーヒーを持ってきた。でも私たちはご飯をいっぱい食べたくなるだろうな。雨の日に傘を持って歩いたらおなかがすくだろうし。エスカレーターに乗って龍頭山公園に向かった。やっぱりこの時間に公園に上ってくる人はおらず、公園だけではなく、お昼前から南浦洞に来ている人はお店の経営者や何かの学校に通っている人たち以外にはほとんどいないみたいだった。エスカレーターに乗っているのは私とPさんだけで、なぜかエスカレーターの端まで上っても誰もいなさそうで、昨日の赤い空を思い浮かべ、私にとってはこれは地球の果てのようだったけど、雨が降っているので人の姿はなく、私たちがどこかへ厳重に身を隠すとしたらチェ先生の事務所がいいと思う。八角亭に立って見えるものを見おろしながら、木の匂いと雨の匂いを嗅いだ。雨着を着た人と雨着を着た白い珍島犬が私たちの後ろを横切って一生けんめい走っていった。続いて雨着を着た人と雨着を着た茶色のプードルが私たちの前を横切って素速く駆けていった。公園内のカフェはちょうど店を開けたばかりで、私たちはチケット売り場に行ってチケットを買った。釜山タワーの中には誰もいないだろうと思ったが、私たちの前に雨着を着た観光客が二十人ほど待っていた。彼らが全員上った後、ゆっくりエレベーターに乗った。いつ乗っても反復したくなるような、さっきまでいた地上が徐々に遠ざかっていく様子と、視野に押し寄せてくる、それぞれ違うたくさんのビル群と海をエレベーターにくっついて眺めた。

——見ましたか？

——何をですか？

——あそこ、マンション、僕らの住んでるとこ。

——どこ？

Pさんは、あそこ、見てみてと私の肩を手でつかんで視線を固定させてくれたが、エレベーターが高速になるところまで来てしまったので、下りるときにもう一度教えてねと私は言った。展望台に下りると、スタッフの人たちと、先に上っていた雨着を着た観光客たちが見えた。観光客は一緒に写真を撮っていた。私たちはゆっくりと一周した。雨が降っていて、窓には雨のしずくがついており、遠く大橋の方には霧が見えた。私はここに来たらPさんにいろいろ聞いてみようと思っていたが、いざ来てみると思い浮かぶことが何もなく、ゆっくり雨音を聞きたかった。

――バイト、いつからになったんですか？

――来月からです。

――忙しくなるでしょうね。

――とりあえず仕事が見つかって安心してます。ところで、ここで働いてる人はタバコをどこで吸うんだろう？

――スタッフ用エレベーターはないみたいですよね。がまんするんじゃないかな。

私はみかんをあげてコーヒーを分けて飲み、Pさんはバッグからチョコレートを取り出して私にくれた。私たちはゆっくりと展望台を一周した。私たちの住むマンションが見える位置まで来るとPさんが、あそこ、見えませんか？　あそこにあるじゃないですか、あの十字架は見えるでしょ？　十字架から二時の方向に見ると見えるでしょ。でも私は十字架も見つけられなかったので、わからない　十字架も見つけられないと言った。普通のときなら十字架が見えるふりをしただろうけど、十字架が見えたらマンションも見えたように振る舞わなければならないのが、その瞬間、すごく疲れることのように感じられた。ビルはみんな違っているが、そのうちの一つを探そうと決心するとみんな似て見え、それらの違いを見分けるのが難しい。Pさんが、十字架あそこにあるじゃないですかと言って十字架探しに私をつき合わせようとしたら、疲れただろう。幸いPさんは、雨の日だから視界もぼやけて、何かを探すのはしんどいですねと言った。いつの間にか観光客は消え、しばらくの間、スタッフ以外には私とPさんしかいなかった。

——誰もいないね?

——本当に誰もいない。床で寝てもばれないんじゃないかな。

しばらく立ったままで、見えるものを見おろしていた。あそこには海があってそれが見え、橋があってそれも見え、ビルたちは肩を並べて、みんな違う格好でそれぞれに立っている。私はいくつもの家が欲しかったし、いくつもの自分が欲しかった。さっき電気がついたアイボリーカラーの低いビルの最上階で暮らしたかったし、私が住んでいるところでも暮らしたかった。旅客ターミナルから船に乗って福岡に行きたかったし、さっき大阪に向かって出発した船に乗って、ベッドで荷物を整理したかった。私自身の後ろにいて退屈そうな表情でコーヒーを淹れたかったし、外から見えないタワーの中のオフィスで仕事をしたかった。スタッフ用のエレベーターがどこかにあるんじゃないかな。私たちは持ってきたコーヒーを全部飲み終え、みかんとチョコレートを食べ終わった後もしばらくビル群を見おろしていたが、タワーを下っていくエレベーターに乗った。下りていくときPさんはまたマンションを指差し、私は、こんどは見えました　本当ですよと言いながらエレベーターを下りた。雨はほとんどやんでいて、地面は濡れていて、通る人は相変わらず少なかった。私たちは一緒にキムチカルグクスを食べてマンションに帰ってきた。何かの儀式のように並んで立って、しばらく中央洞のビルを眺めた。Pさんが紙コップにコーヒーを入れて持ってきた。私は、タワーから誰かが私を見ているだろう、誰かが立って紙コップに入ったインスタントコーヒーを飲んでおり、それと同時に誰かがどこかで一人で中国料理店で酢豚を食べ、烟台《ヨンテ》高粱酒《コリャンジュ》（山東省烟台特産の白酒）を飲んでいるだろうと、タワーに立った私のことは図書館で試験勉強をしている大学院生が眺めているだろうと思った。

家に着くと疲れが押し寄せてきて、何となく寒く、ボイラーをつけて着替えて横になった。お湯を沸かして蜂蜜を入れて飲み、お湯を飲んで眠りについた。まだ昼間で、一日はすぐには終わらず、時間は残っている。寝ている間に熱が出てきたみたいで、しばらく寝ては目が覚め、また眠り、夕方になって起きるとめまいがした。やっとのことで立ち上がり、薬とお粥とジュースと生姜茶を買って帰ってきた。これは骨が折れるなあ、冒険だと思おう。冒険のようには思えなかったが、冒険を終えて家に着くと嬉しくてほっとした。布団の横にお粥とやかんと生姜茶が並べて置いてあった。私は靴下を二枚重ねてはき、首にスカーフを巻いて横になった。薬を飲んで早く眠りにつき、もう少し軽い明日を待った。

翌日、Ｐさんがお粥を買ってきてくれた。私の家に初めて来たＰさんは、気まずそうな様子もなくお粥を渡してくれて、私は長い袖をまくってインスタントコーヒーを渡した。彼はコーヒーを飲みながら、この家はシンプルでいいと言った。何ものがなくていいですね。家っぽくないけど家だってところがすてきだ。この位置にある部屋はこういう間取りなんだなあと、室内や窓の外を眺めるＰさんを見ていると、一瞬、Ｐさんがここにいるのがとても自然で、家っぽくなくてシンプルなここがＰさんの家みたいだった。窓の外を見ながらコーヒーを飲んでいたＰさんは、もう寝てくださいと言って帰っていった。Ｐさんの持っている自然さと安心感についてちょっとだけ考えた。昨日よりはましなようだが、まだ熱があった。ずっと横になっていたくはなかったので、生姜茶とお湯をいっぱい飲んで外に出た。マスクをして、たくさん重ね着をして歩いた。歩いていると、すっかり治ったと勘違いしそうになり、こうやって何日か過ごしたら治るんじゃないかと思った。チェ先生が自分も風邪をひいたと言い、それを聞いたらなぜか笑ってしまった。みんなで一緒に飲み食いして、それで疲れて風邪をひく人たち。それなら会ってもいいですね。他の人はともかく、二人とも風邪をひいてるんだから、風邪をひいた人どうしなら会ってもよさそうですよね。私たちは先生の事務所で会うことにした。

ずいぶん前からつけておいた温風機のせいか、入るとすぐに空気の暑さが感じられ、それに負けないように加湿器が霧を吹き出していた。チェ先生の事務所はいつだって快適で、ちゃんと整頓されているのだろう。チェ先生は長いショールを私にくれた。チェ先生にもらった生姜茶を飲みながら、持ってきた本を読み、彼は向かいの机で仕事をしていた。まだ処理しなくてはならないことが残っているということだった。本を読み、しばらく居眠りしてまた本を読み、チェ・ミョンファンは誰かに電話をしていると思ったら、しばらくしてお粥を受け取って戻ってきた。私たちは一緒にお粥を食べ、それぞれのやるべきことを続けた。振り向くと、チェ・ミョンファンは窓ぎわに立っていた。私は彼の肩に両手を重ねて載せて、顔をつけた。咳が出たのでお湯を沸かしてお茶をもう少し飲み、ソファーで本を読んだ。午後の時間はそのようにして流れた。事務所にも本が何冊かあったが、仕事で会った人たちからもらったものだそうだ。釜山の近代史を追って街歩きをするという趣旨の旅行本を本棚から出して読んだ。行ってみたいところをいくつかメモした。チェ・ミョンファンは家に帰って一緒に夕ご飯を食べようと言い、私たちはチェ・ミョンファンの車に乗って彼の家に向かった。牛肉と大根のスープにご飯を入れて食べ、風邪薬を飲んで生姜茶を飲んだ。ソファーでしばらく居眠りをしていると、チェ・ミョンファンが小さい方の部屋で寝なさいと言った。私は起きますよーと言い、テレビをつけたら出てきたモノクロの映画を見た。組織内でナンバー3のヤクザがサングラスをして、任務を遂行するために頑張っていた。

——あの人、あの俳優さん、死んだんですって。

——でも生きている人みたい。映画だからかな。

風邪ひきの二人は眠気のせいか、映画の中の俳優が死んだ人に見えないという当然のことについて話しつづけた。私はしばらく映画を見て眠り、眠っている体の上に厚い布団がかかるのを感じたが、眠くてもう起き上がれなかった。自分の体を自分の腕で抱きしめていると体は小さくなり、布団は大きくなり、大きな布団の中に埋もれたいと思った。チェ・ミョンファンは小さい方の部屋に行って寝なさいと私の体を揺すり、やっとのことで起き上がって小さな部屋で寝た。一度も目を覚まさず深く眠った。

早めに寝たせいか、明け方に目が覚めた。体が昨日よりさらに軽く感じられた。水を飲もうとして部屋を出ると、チェ・ミョンファンは窓ぎわに立って外を眺めていた。窓ぎわに立ったチェ・ミョンファンを見ると、なぜか自動的に、窓の前に立っている、ブラウスを着てスカートをはいたチェ・ミョンファンの後ろ姿が思い浮かぶ。二十代後半の彼は影島にある聖堂に通い、影島の聖堂には韓進《ハンジン》の工場で働く人たちが通ってきていた。風のよく吹く春、聖堂で見かけていた、聖堂の近くでよくばったり会う大学生がなぜか会社の前を通り、彼が神学校の学生だと言っていたこと、バスで会ったときに彼が何かを読んでいたことを同時に思い出し、火事が起きたとき煙が充満したとき　同じ日の夜に侮辱を受けたけど、それは侮辱ではないと、私には何も起きていないと思いながら走ったとき。チェ・ミョンファンの後ろ姿を見ると、そんな瞬間のことが思い浮かんだ。チェ・ミョンファンの服からは焦げくさい匂いがし、心はいらだち、不安で、いつも何かに揺れていた。家の中は暖かかったが、窓ぎわに並んで立つと、どこかから入り込んできた冷たい空気が徐々に眠気を覚ました。彼は聖堂でときどき会う大学生が会社のそばを通っていくのを見て、あの子はなぜあんなに急いでいるんだろうと思い、今日は風が強い日だなと思い、アメリカ文化院から噴き上がる煙を見たとき、何も聞いてはいなかったがあの大学生のことを考え、何日かして警察がモンタージュを配布し、そのモンタージュは誰に似ているだろうと考えた。私はチェ・ミョンファンに、キム・ウンスクはどんな人かと尋ねた。チェ・ミョンファンは窓ぎわを眺めて、私も徐々に赤く変わっていく暗い空を眺め、そして振り向いて彼を見たとき、彼の横顔は怯えているように見えたが、それは彼の顔に映った私の影のためだった。彼の顔にかかった私の影が、どういう理由でか、彼の顔に、見たことのない感情を浮かび上がらせていた。

チェ・ミョンファンは、聞く準備ができたかと尋ねるように、しばらく私の顔を見つめていた。

――あの人と最初どうやって知り合ったか教えてあげる。

チェ・ミョンファンは、静かな声でゆっくりと自分の物語を話しはじめた。

犬は演技が上手だ

スミはロビーに座り、宿泊客用に置いてある古いコーヒーメーカーからコーヒーを注いで飲みながら姉さんを待った。ユンミ姉さんはグレーのスーツを着てホテルのドアを開けて入ってきて、その姿はすてきだった。スミは、チェックインまでまだ時間があるから、ご飯を食べたりコーヒーを飲んだりしようと言った。二人は近くの喫茶店に行き、コーヒーとトーストを頼んだ。店内の人たちがタバコを吸っていて、姉さんは嬉しそうな表情でタバコに火をつけた。

——前からタバコ吸ってましたっけ?

——お母さんと一緒に住んでいたときは、吸ってなかったよ。

あれ以来会わなかったわけでもないのに、スミは今、姉さんの顔に突然ばったり出くわしたような気持ちになり、眠っている姉さんの顔を見おろして、二十八歳はこんな顔で、三十歳になったらどんな顔になるのかなと思っていたときのことが改めて押し寄せてきた。もうあなたもその年齢を過ぎたよね、私たちもそろそろ、それぞれの通過してきた時間にまっすぐ、優しく、向き合わなくちゃねと、姉さんの年を重ねた顔がそう言っているようだった。大学院では何を勉強したのと姉さんが尋ね、スミは演劇理論を専攻したと答えたが、何を勉強したか話すときにはやっぱりちょっと自信がなくて、こういうときに自信を持って答えられる人たちがずっと学界に残るんだろうなという気が一瞬、した。

——コーヒー、本当においしい。

——私もときどき来るお店なんです。

——また来ようね。少しは時間あるでしょ？

——週末なら大丈夫です。

——ホテルに一緒に泊まっていかない？　それでわざわざツインで予約を頼んだのよ。

連れはいないの、一人で来たのと姉さんは言った。スミは何の用事で来たのかと尋ねようとしてやめた。

——私、あなたに会いに来たんだよ。

スミは何となく嬉しさがこみ上げてきて、本当ですか？　と言って笑い、それじゃ明日の着替えを持ってくると言った。チェックインの時間が近づいたので立ち上がろうとすると、姉さんは、もうちょっとだけこうしていようと言った。コーヒーをもう一杯頼んでと言い、コーヒーが来るまでの間にタバコを一本、集中して、本当においしそうに吸った。一本すっかり吸い終わったところでちょうどコーヒーが姉さんの前に置かれ、姉さんはコーヒーをゆっくり飲んだ。スミは姉さんをせかさず、出たくなったらそう言ってくれるだろうと思いながらコーヒーをもう一杯注文した。腰を上げたのは四時を回るころだった。スミは姉さんに、この時間からだとどこか見物するにも時間が中途半端だから、銀座のデパートに行くのはどうかと勧めた。姉さんは、デパートは明日スミと一緒に行きたい、今日はホテルで休みたいと言った。チェックインして部屋に上り、部屋のドアを開けて荷物を下ろしたとき、コーヒーを飲んでいたときとは違い、姉さんはすっかり体が冷えて疲れているように見えた。明日会おうねと言ってドアを閉めるとき、姉さんは、明日またコーヒー飲もう、と言って笑った。ドアのすき間の中で姉さんは一瞬、ちっぽけにすら見え、スミはちょっと驚いた。ドアを閉めてホテルの廊下を歩きながら、何であんなに小さく見えたのかなとスミは姉さんの姿を頭の中で反芻した。地下鉄に乗って家に帰るとき、私たちはなぜ、いつか同じ部屋に寝てよもぎ餅を食べていたあの時間から遠くまで来てしまったのだろう？　前歯のなかった弟はスミより早く結婚して二人の子供の父親になった。姉さんがホテルの近くを歩き、夕ご飯を食べ、タバコもちゃんと自分で買って吸い、さっき行った喫茶店に一人で入り、また温かいブレンドコーヒーを注文するところを思い描いてみた。姉さんのスーツ姿はすてきだったし、姉さんはおそらく何だって無理なくやってのけられるのだろうけど、二人がお互いの見ていないところでそれぞれのことをやっているのが、スミにとってはその瞬間、すごく薄情なことに思えた。

翌日、服を持ってホテルに行った。二人は一緒に朝食を食べ、昨日行った喫茶店でコーヒーを飲んだ。

——何かやりたいこと、ないですか。
——そうね、ただコーヒー飲んで本を読んで、散歩できればそれでいいのよ。
——人の多いところは嫌ですか？

姉さんは笑って、今回はそういうことにしておきたいと言った。母さんが東京に来たときに一緒に行った浅草や東京タワーなどはやめて、弟が奥さんと来たとき一緒に行ったデパートやレストランなどもやめた。スミは、でも、後で行くこともできるんだから、行きたいところを思いついたら言ってねと言い、それらの場所について説明した。姉さんはスミの頑張りに感心したような顔で見ていて、でも、もういいのよという表情で笑った。二人はまたコーヒーを一杯ずつ頼み、じゃあ、本屋さんに行って路地を歩こうとスミは言った。姉さんはコーヒーを飲んでタバコを吸うときだけ唯一、集中ということをしているみたいに見えた。

――私、ちょっと病気でね。

――え、どこが。すごく悪いんですか？

――帰ったらずっと治療なの。そうなったら、なかなか出歩けないでしょ。だから一度来てみようかと思って。

無理に笑ってみせて、病気なのにタバコを吸ってもいいのかと聞くと、姉さんは三分の一くらいに減った箱をスミに見せてくれて、東京で最後にこれだけ吸おうと思って、と笑いながら言った。

――もう絶対吸わないわ。

喫茶店を出ると昼休みの時間だったが、朝ご飯を食べたからか空腹ではなかった。ゆっくり歩き、ふだんよく行く書店に行った。姉さんは一時間以上書店で本を見て、しんどいからホテルに帰ろうと言った。本を見るとき、タバコを吸うときと同じように力を振り絞って集中している様子だった。タクシーに乗ってホテルに戻った。タクシーの中で姉さんはシートに完全に体を委ねていた。部屋に戻ると姉さんはバッグを床に放り出し、ジャケットを脱いだだけで倒れるように横になった。スミは姉さんのバッグとジャケットを片づけ、昨日着て寝たらしい寝巻きをベッドの上に置いた。姉さんが眠ったのを見て、スミは近くのスーパーに食べるものを買いに出かけた。姉さんの寝顔。そういえばさっきまた姉さんの寝顔を、ときどき眉間に力が入る寝顔を見て、私が向き合わなければならないことは何なの？　と、そう聞けば姉さんが答えてくれるみたいに、スミはしきりに自分に問いかけていた。スーパーで何を買ったらいいだろう、母さんに電話して、姉さんはどこがどのくらい悪いのか聞いてみなくちゃと思いながら、空のカートを押してスーパーを三周ぐらいした。お粥二パックとウーロン茶のペットボトル一本　牛乳のパック一個　ジュース二個　インスタントコーヒー一びん　サラダ二パックとリンゴ二個　卵焼き一つとヨーグルト二個とプリン四個　レトルトの味噌汁を買った。帰りに近くのパン屋で食パンとジャムと他のパンを何個か買った。ホテルの冷蔵庫に買ったものを入れ、まだ寝ている姉さんの顔を見て、加湿器を洗ってスイッチを入れた。音を消してテレビを見た。いろいろな人の職業に関する番組をやっていて、銀座のクラブで二十年以上踊っているダンサーが出ていた。その人は二十年以上毎日、ダンスの練習をした後、衣装とメイクをきっちり整えて夜の銀座に向かう。その人が踊っているのを見ていると、スミは一瞬、多くのことが疑わしく思えてきて、自分は何で日本まで来て勉強したんだろうと、毎日反復される会社の仕事がとても実体のないことのように感じられ、前にドイツに一年いたとき、あのときはもちろん英語の授業を聞いていたし、初級ドイツ語の授業を受けて、あいさつしたり時間を聞くぐらいのことはできたが、そういうことも当然、全部忘れてしまって、日本語で今は何時ですかと聞かなければならない場合にはすぐに口から飛び出すけど、その言葉は合ってるんだろうかと思うと嘘みたいで、誰かが肩を揺さぶりながら思い出せと言ってるような気分になって、自分を構成している多くのものが一瞬疑わしかった。でも、ちょっと病気だという姉さんの言葉を、ちょっとの病気なのだと受け取れば、その瞬間すべてが元通りになるように感じられた。自分が話している日本語　毎日会社でやっていること　すべてのことが日常という分類で元の場所に戻っていくように、だけど姉さんの言葉は重篤だという意味だったし、今スミのそばにいる、眉間に力が入り、しわのできた顔、低く小さいいびきをかく声、やせているが力のある表情などがもうすぐ消えるかもしれないということを受け入れなければならないという意味だった。テレビを消してコートを着て外に出て、近くを歩いた。編み物の糸を売る店とコーヒー豆を売る店があり、静かで少し高そうな飲食店があり、布地を売る店と電球を売る店があった。店の間をゆっくり歩き、スミはおにぎりを買って食べた。緑茶を飲みながらもう少し歩いた。

またホテルに戻ったときは午後四時を過ぎていて、姉さんはベッドに横になったままスミを見て笑った。冷蔵庫を開けて買ってきたものを見せると、お湯をちょうだいと言った。姉さんはお湯を飲みお粥を食べ、スミはパンを食べコーヒーを飲んだ。ホテルでテレビを見ながら休み、夕方には近くの大学を散歩した。学校は静かで、暗い建物に明かりが一個か二個しか灯っていなかった。明かりがついているところからはバイオリンの音が流れてきて、二人は、誰かが夜も練習しているみたいねと笑いながら、練習中の場所を眺めた。二人はゆっくりと歩き、午前中に行った喫茶店に行き、カレーとトーストを注文した。そういえば姉さんは前もたくさん食べる人ではなかったが、光州に行ったときは何でもたくさん食べていた。

——チョ・ユンミさんのこと、覚えてます?

——ん?

——パン屋さんで一緒にパン食べたでしょ。

——ユンミが私に会いに釜山まで来たんだよ、この前。

姉さんはにっこり笑い、喫茶店の主人はその笑いが伝わったように笑いながらそれぞれの前に料理を置いた。姉さんはゆっくり、少し食べてから食べるのをやめ、三十歳を過ぎてから大学に入ったというチョ・ユンミの話をした。コーヒーを注文して飲み、タバコを集中して吸ってからまた笑い、もう吸えないねと言った。スミとユンミ姉さんは立ち上がり、もう少し歩いてホテルに戻った。シャワーを浴びて出てきてそれぞれのベッドに横になり、本を読んでいて、つけてあったテレビを見ていると、姉さんはすぐに眠った。
翌日も二人は朝食を食べて喫茶店に行き、コーヒーを飲んだ。ホテルに戻って昼寝をし、起きて近くのロシア正教会の聖堂に行った。鐘が鳴るのを一緒に聞きながら、鐘が鳴る音を聞いているだけなのにすごくいいねと口々に言い合った。まだ聖堂に通っているのかと聞くと、もちろんよという答えが返ってきて、聖堂を通り過ぎて書店に寄った。姉さんは、前は本をたくさん買ったけど今はあんまり買いたくならない、意欲が出ないと言った。姉さんは絵本を何冊かじっくり見ていたが、手帳とペンと万年筆用のインクをいくつか買った。

——あなた先に帰っててくれる？
——どうして？　どこか行くんですか？
——うん、私、約束があるんだ。

スミは何かもっと言おうとしてやめた。昨日だったら、そうですか、じゃあちょっとあちこち歩いてきますねと笑って言えただろうが、姉さんは疲れやすく、日本語ができるとはいえ、病気の人に一人で外国の街を歩かせるのは気がかりだ。スミは書店に戻り、本を少し見て、気になっていた本を一冊買った。書店を出てからは近くの商店街を見て回り、昨夜散歩のときに立ち寄った大学近くのカフェでサンドイッチとジュースを注文した。食べ終わった後、コーヒーをもう一杯注文して飲みながら本を読んだ。何だか不安な気持ちになって、コーヒーを飲み終わるとすぐホテルに戻った。コーヒーはおいしく、姉さんがまたコーヒーを飲もうと言ったらここに来よう来ようかと思った。服をかけ、ガウンに着替え、新しく買った本を読んでいると、二人で一緒に光州に行ったときは、隣の家の犬がスミを見て狂ったように吠え、姉さんは帰ってこないし、犬は吠えるし、スミは門の外で泣いたけれど。今は泣かない。姉さんは帰ってこないし、犬は吠えないが、犬が吠えても今なら笑えそうだ。

姉さんが帰ってきたのは五時過ぎてからだった。東京で会っておきたい人がいたという。スミはそれ以上尋ねず、大丈夫ですかと聞き、おなかがすいていないかと聞き、姉さんは昨日買ったお粥を食べると言った。お粥を持ってホテルの二階に行き、電子レンジで温め、電子レンジが回っている二分の間に軽い地震を感じ、やっぱり変だ、私が今ここに立っているということ、姉さんが東京にいて、私たちは年を取り、仕事をしてお金を稼いでるということ。そんなことを考えながらスミは、変だよね　揺れたよね　変だよねと思っていた。お粥を持って部屋に戻ると、こんなときでも姉さんは眠っていて、ドアを開ける音に目を覚まし、スミを見て笑った。姉さんがお粥を食べている間、スミはヨーグルトを食べ、カーテンを開けて外を見ると、低層の住宅と消防署が見えた。通る人はおらず、またカーテンを引こうとしたとき、おじさん一人が柴犬を連れてゆっくり通っていった。窓が映画のフレームのように見え、おじさんは散歩するエキストラとして出演していた。犬は演技が上手だ。

——ね、これ。

姉さんは三越デパートの紙袋をスミに渡した。

——私、あなたに何も買ってあげたことなかったよね。

——何ですか？　どうしたの。

——見てごらん。

紙袋の中には濃い茶色のマフラーが入っていた。

——すてきね、きれいね。でも、私もお金は稼いでるのよ。

——大事に使ってね、そして、働きながらでも一生けんめい勉強するのよ。わかった？

スミは笑いながらありがとうと言った。姉さんは、帰ったら病院行きよ　そのことは考えたくもないと言った。姉さんに聞きたいことといったらいいのか、聞かなきゃいけないことはたくさんあったのに聞けなくて、スミは、マフラーがとってもきれいとか、これは私にすごく似合うと思うとかそんなことばかりを言った。姉さんは明日の朝早く飛行機でソウルに戻って、病院に行くと言った。明日までホテルに泊まるんじゃないのかとスミが聞くと、姉さんは、あと一泊予約しておいたから、ここで一人で休んでから出社しなさいと言うのだった。姉さんは日が暮れるころ眠ってしまい、スミは暗い部屋で向かいのベッドで姉さんが立てている低い寝息を聞きながら、明け方になってやっと眠りについた。

何時間もしないうちに目が覚めて、姉さんと一緒に近くのリムジンバスの停留所へ急いだ。見送られるのが嫌だから空港まで来ないでと姉さんは言う。バスの窓の中で姉さんはにっこり笑って手を振り、スミは姉さんにもらったマフラーを巻いて手を振った。ホテルに戻るとバッグの中に姉さんからのお小遣いが入っていた。何も考えたくなくて、服だけ着替えて横になった。お昼ごろに目が覚めてジョンスンに電話し、ホテルに来られるかと尋ねた。ジョンスンは、今日は運のいいことに子どもを母さんに預けられると言った。

——そうじゃなくてもあなたに話したいことがたくさんあったんだ。

——何かあったの?

ジョンスンは笑いながら、着いたら話すよと言った。スミはベッドに横になって寝たり目覚めたりしながらジョンスンを待ち、こんなことしているうちにぐっすり寝入ってしまうのではないかと思い、やっとのことで体を起こした。冷蔵庫からヨーグルトを取り出して食べながらテレビを見、時間になったのでロビーに出てジョンスンを待った。ドアの外からジョンスンが見え、ジョンスンは笑いながらドアを開けて入ってきた。二人はエレベーターに乗って部屋に戻り、ドアを開け、スミはジョンスンの服を受けとってハンガーにかけながら元気だったかと尋ねた。ジョンスンは笑いながら、こんなふうに会うなんてとっても不思議、と言い、スミは昨夜までユンミ姉さんと一緒にいたこと、姉さんが病気だということを話した。スミは姉さんと何をしたのか話し、話を終えて、ジョンスンには何があったのかと尋ねた。ジョンスンはベッドに横になって、夕ご飯の前までちょっと寝るねと言った。

——何があったのかゆっくり話してあげる。

ジョンスンはスイッチを切ったみたいにすぐ眠りにつき、スミは読んでいた本を開いて読もうとしたが、二、三ページめくる前に眠りについた。目が覚めたらジョンスンと夕ご飯を食べて、歩いてからコーヒーを飲もうと、夢うつつでそう思った。

原注

・八一頁のボブ・ディランの記述は『ボブ・ディラン評伝』（マイク・マーキュージー著、キム・ペンニ訳、実践文学社、二〇〇八年〔Mike Marqusee, *Chimes of Freedom: The Politics of Bob Dylan's Art*〕）を参照。＊未邦訳

・八三〜八四頁の声明文は『燃えるアメリカ』（キム・ウンスク著、アガペー、一九八八年）を参照。＊未邦訳

・八五頁の高神大学の総学生会の声明書は「京郷新聞」一九八二年三月三十日付に掲載されたもの。

・一七〇頁の「二〇〇〇年のためのパーティー」は『韓国の民衆蜂起』（ジョージ・カチアピカス著、ウォン・ヨンス訳、五月の春、二〇一五年）を参照。＊未邦訳

※釜山アメリカ文化院放火事件に関連してはこれ以外に、『失われた記憶を探して』（ムン・ブシク著、サムイン、二〇〇二年〔邦訳『失われた記憶を求めて——狂気の時代を考える』文富軾著、板垣竜太訳、現代企画室、二〇〇五年〕）と『タルトンネの病院には海がある』（チェ・チュンオン著、本で開く世界、二〇〇八年、未邦訳）を併せて参考にした。

作家のことば

　何年か前から、釜山アメリカ文化院放火事件のことを小説にしたいと思っていた。そのころ考えていたのは、今のこの小説とはずいぶん違う形の小説だった。決心だけして、いつか書くだろうという気持ちで過ごしていたが、釜山のある特定の場所をめぐって小説を書いてみないかという釜山ビエンナーレの依頼を受け、これがきっかけになると思った。そのときに書いた短編「毎日散歩練習」がこの小説を書きはじめる際に役立ち、その後『週刊文学トンネ』連載を通じて具体化することができた。

　この小説の中でも言及されているテント芝居は、劇団「野戦之月」による『クオキイラミの飛礫』という演劇である。台詞の大部分は日本語で、その内容は容易ではなかったので、たぶんちゃんと理解はできなかったと思うが、いつもそうであるように、その一瞬一瞬、理解していると錯覚した場面がとても好きで、それを胸に抱いたままで次の一歩に向かって進みたいと思った。

イェインさんと斎藤真理子先生が推薦の辞を書いてくれた。イェインさんと『愛する犬』を作った過程を思い出すと元気が出る。私はまた、そんなやり方で、あるいは思いもよらないやり方でイェインさんと本を作ってみたい。

おそらくこの本の最後には斎藤真理子先生が書いた推薦の辞が入るだろうが、八二年の釜山を散歩するもう一つの話が小説を読み終えた方々に新しい道を見せてくれるだろう。歩いていると、そこはもう行ったことのある道かもしれないし、歩いても歩いても初めての道かもしれない。私もその散歩を何度も思い描いてみるだろう。そういうのが本当に好きだ。

パク・ソルメ

二〇二一年春

推薦の辞——二〇二一年の原書刊行時に韓国語で寄せたもの

斎藤真理子

私は相当に散歩が好きな人間だが、今までいちばんよかった散歩の記憶は、一九八二年の夏に韓国に旅行し、宝水洞《ポスドン》にあった釜山愛隣《プサンエリン》ユースホステルから出かけて周辺を一人で歩いたときだ。あの建物はとっくに消えたし、もう二度とあんな散歩はできないだろう。

八二年は釜山アメリカ文化院放火事件が起きた年で、韓国と日本の間で教科書問題が大きな話題となった年でもある。あの夏、タクシーの運転手たちが「日本人乗車拒否」と書いた紙をフロントグラスに載せて走っていた。だが私はどこへ行っても親切にされ、いたるところで人々の放つ生命力に圧倒された。

あの旅行の際、アメリカ文化院の近くまで行き、その建物を見たような気がする。建物の前に立っている兵士の姿を覚えているような気もする。日本の大学生だった私はあの事件を知っていた。韓国に行く前に、在日韓国人の先輩たちとその話をして、「もし機会があったら、建物を見るだけでも見てこい」と言われたことは事実だ。だが、建物を見たのが事実かどうかはよく思い出せない。実際にはどうだったのだろう？

その旅行を終えて、私は、もう当分の間、韓国に行ってはいけないなと思った。誰もが冷戦構造の中に閉じ込められており、私は自分が誰の役にも立たないと思った。あのとき私は、どんな未来を練習していたのだろう。

あれからもう三十八年が経った。今という時間が未来にも過去にも通じているということが、なぜこんなに素晴らしく、同時に悲しいのだろう。だが、「来てほしい未来を思い描き、手を触れるためには、どんな時間を反復すべきなのか」と作家は問いかけている。その答えを探そうと努めることぐらいは、私にもできるのではないだろうか。

現在とは、単純な「今」ではなく、過去と未来の間で誰かが粘り強く続けている「練習」の時間なのかもしれない。パク・ソルメの想像力がそれを可視化する。この作家は、断言せず、逡巡し、言葉を選びながら、事実と現実と真実のあいだを慎重に行き来する。この三つの「実」のどれもこぼさずに過去から未来へ運ぶことはとても難しい。だがパク・ソルメはそれを勇敢に、そして何気なくやりとげる。散歩するために出てきたような身軽な様子で。

この小説は輪になっており、最後が最初に戻ってくる。スミとユンミ姉さんとジョンスンの物語が輪になっており、作家とチョン・ミョンファンが作る輪がそこに重なっている。読む人がこの輪に対してどこに立つか、どんな姿勢で練習をするか。それによって小説は何種類もの違った色を帯びるだろう。

もう、一生けんめい老いるしかない私にできることはほんの少ししかない。でも、「横へ走っていく小さい人を応援し、どこかにちゃんとたどり着けるよ、絶対ちゃんとたどり着けるよと言ってあげて」という文を読み、私が誰かにかけたい言葉がここにあると感じた。そう言いたいと思う力が私にまだ残っていることに驚いたし、そのように思わせてくれた物語の力に感謝する。小説の中の作家が、『チボー家の人々』のジャックやアントワーヌを友達のように思うのと同様、私は「魚のおなかの中に逃げるんだ」と思っていたスミや、「よく学ぶ大人になれますように」と祈ったユンミ姉さんや、自分は決して侮辱されていないと信じて走ったチェ・ミョンファンを大切に思うだろう。

つい最近、パク・ソルメ作家の日本での初の単行本である短篇集『もう死んでいる十二人の女たちと』が出たばかりだが、『未来散歩練習』も必ず日本に紹介したいと思っている。ある時代を切実に生きた人々、特に女性たちの記憶は、どんな時代にどこで生きる人にとっても、必ず練習の助けになるだろう。

（二〇二一年二月記）

訳者あとがき

『未来散歩練習』は、「登場自体が韓国文学界における事件だった」といわれる作家、パク・ソルメの七番めの長篇小説である。翻訳には、文学トンネから二〇二一年に刊行された初版（二〇二三年六月時点での修正版）を用いた。

二年前に、同じ著者の短篇集『もう死んでいる十二人の女たちと』（拙訳、白水社）が刊行されたとき、訳者としては、この特異な魅力がちゃんと伝わるだろうかと不安でいっぱいだった。文法の縛りをゆるゆると抜け出し、小説という枠をふわふわと乗り越えるパク・ソルメの作品は、韓国語を第一言語とする人にとっても決してわかりやすくはないからだ。翻訳を進めていたころ、たまたま来日された韓国の作家に「パク・ソルメさんの、やってるんですって？」と聞かれて「はい」と答えたところ、「難しいでしょうにね」と言われて凹んだこともある。私の不安は理由のないものではなかったはずだ。

だが杞憂だった。刊行されるとすぐに、この不思議さ、新鮮さは何？　というざわめきのようなものが私にも伝わってきて、多くの方が書評を書いてくださった。中でも、作家の皆さんからの熱い支持は忘れがたい。もしかしたら思ったより大勢の人が、既存の「これが小説だ」という枠組みに不自由さを感じていて、そこへすたすたと歩いてきたパク・ソルメに魅了されてしまったのかもしれない。ともあれ、「もっと読みたい作家だ」という声をたくさん耳にしたし、それにお応えして今回本書を紹介することができ、たいへん嬉しい。

パク・ソルメは一九八五年光州生まれ、韓国芸術総合学校の芸術経営科を卒業し、二〇〇九年に長篇小説『ウル』が第一回「子音と母音」新人文学賞を受賞、「文字通り完全に新しい、見たことのない小説」と評価された。長篇小説に『百行書きたい』『都市の時間』『頭からゆっくり』『静けさ動物』『インターネットの夜』、短篇集に『じゃあ、何を歌うんだ』『冬のまなざし』『私たちの人々』『信じる犬は時間を破らない』などがある（『もう死んでいる十二人の女たちと』は日本語版だけのオリジナル短篇集）。二〇一四年に短篇「冬のまなざし」で第四回文学と知性文学賞、短篇集『じゃあ、何を歌うんだ』で第二回キム・スンオク文学賞、二〇一九年、キム・ヒョン文学牌を受賞。『未来散歩練習』も二〇二一年に東里木月《トンニモグォル》文学賞を受賞した。

本書では、ソウルに住む作家「私」が釜山の街に通いながら、チェ・ミョンファンという女性と交流を深めていく短いスパンの物語と、一九八二年の釜山に住んでいた中学生スミと「ユンミ姉さん」、そしてスミの親友ジョンスンの長いスパンにわたる物語の二つが交互に語られる。二つの物語はほとんどシームレスに並んでおり、もしかしたらスミの物語は、「私」が釜山で書き進めている小説なのかもしれない。

著者自身があとがきで書いている通り、本書は二〇二〇年の釜山ビエンナーレとかかわりを持っている。このビエンナーレは「十章の物語と五篇の詩」というテーマで、美術だけでなく文学や音楽との協働を主眼とするユニークな企画だった。その一端が本書の一二七頁にも少し出てくるが、具体的には、十一人の作家・詩人に釜山をテーマとする作品を依頼し、それらのテキストから受けたインスピレーションを、視覚芸術や音楽分野のアーティストが作品化するという意欲的なものである。テキストを寄稿したのはペ・スア、パク・ソルメ、キム・ヘスン、キム・グミ、キム・スム、キム・オンス、ピョン・ヘヨン、マーク・フォン・シュレーゲル、アマリエ・スミス、アンドレース・フェリペ・ソラノ、イ・サンウ（掲載順）。韓国作家はイ・サンウを除きすべてが日本でも翻訳紹介された人々で、この顔ぶれを見るだけでも、何と知的でパワフルな人選だろうかと唸ってしまう（イ・サンウもきわめて個性的な作家で、紹介が待たれる）。これらのテキストはすべて英訳され、二言語による『十章の物語と五篇の詩』という分厚くスタイリッシュな本となって刊行された（未邦訳）。

パク・ソルメはたびたび釜山を舞台とした小説を書いてきた。特に、釜山から約三十キロ離れたところにある古里《コリ》原子力発電所が大事故を起こしたという設定の短篇群がよく知られており、釜山を描く執筆者として候補に挙がるのは当然のことだった。ビエンナーレのためにパク・ソルメが書き下ろした短篇は「毎日散歩練習」というタイトルで、作家の「私」とチェ・ミョンファン、釜山アメリカ文化院放火事件という主要モチーフはここにすべて出ている。作家によれば、以前から「一九八二年の時点から見た八〇年」について書いてみたいと思っており、この機会に作品化したものだという。

なお、このビエンナーレは二〇二〇年九月、コロナ禍の中での開催という不運な状況を迎えたが、オンライン開催のためのコンテンツを拡充し、感染予防に厳重に配慮しながらリアル観覧も実施された。

そして「毎日散歩練習」を書き下ろした後、これだけで終わらせるのはもったいないという思いが作家にはあったそうで、そんなころに文学トンネ社のウェブマガジン「週刊文学トンネ」から依頼があり、二〇二〇年九月から本書『未来散歩練習』の連載が始まることになった。ちょうど釜山ビエンナーレの開幕時期である。スミとユンミ姉さんとジョンスンのパートはここで登場した。

こうして始まった『未来散歩練習』は、みんなが旅に出られなくなってしまったコロナ禍の時期に、多くの人の慰めになったのではないかと想像する。

先に書いたように、この小説は二つのパートがごくシームレスにつながった構成だが、二つの物語をつなげているのが、一九八二年に起きた釜山アメリカ文化院放火事件だ。信仰の世界に生きるはずの神学生らが政権打倒と反米闘争を訴えて放火し、韓国社会を震撼させた事件だった。その概要は本書の中でも説明されているが、なぜアメリカ文化院という場所が選ばれたのかを、韓国現代史の流れを追いながら概観してみよう。

かつて韓国は、反米・反基地運動が起きない唯一の国と言われるほど盤石の対米友好関係を保っていた。朝鮮戦争当時に強力な援護を受けて以来、米国と米軍は常に「北の脅威」から国民を保護してくれる存在であり、反共のとりでを守る盟友であったからである。しかし、それが揺らいだきっかけが光州事件（韓国では「5・18《オーイルパル》光州民主化運動」と呼ぶ）だったといわれる。

一九八〇年五月十八日、全羅南道《チョルラナムド》光州で、民主化を求める学生と市民の蜂起を軍部が武力で鎮圧し、多くの人が犠牲となった。この、軍隊が自国の国民に対して発砲するという深刻な事態を考えるとき、否応なくアメリカの存在が浮上してくる。当時の韓米関係の枠組みの中では、韓国軍を出動させるには作戦統制権を持つ米軍の許可が絶対に必要だったからだ。そのため当時、光州市民の間には、最終的には米軍がこの残虐行為にストップをかけてくれるはずだという期待があったという。

しかしそれは裏切られた。そして、軍事独裁政権をずっと容認しつづけたアメリカに対して、民主化勢力側が突きつけた、初めての強烈な異議申し立てがこの事件だった。

アメリカ文化院は一般市民とアメリカをつなぐ窓口である。この事件は、そこに放火してビラをまくことによって市民に覚醒を促すことができるだろうという目論見によるものだった（実はそれ以前の八〇年末に、光州のアメリカ文化院でも放火事件が起きていたが、単純な事故として片づけられていた）。

当時、韓国の民主化運動はキリスト教、特に一九六〇年代に南米やアジア諸地域で広まった「解放の神学」（社会正義の実現、貧困問題の解決などに向けて具体的に行動する教会を目指す）との結びつきが強く、この事件の関係者たちもその流れの中にあった。事件の中心にいたムン・ブシク（文富軾）とキム・ウンスク（金恩淑）らは、保守的なことで有名な高神大学（当時は「高麗神学大学」）の学生であり、ナチスドイツ政権下で抵抗運動を試みて死刑に処された「白バラ」の活動に影響を受けていたという。

事件は当初、朝鮮民主主義人民共和国（北朝鮮）によるものと報道されたが、徐々に目撃情報が集まり、大学生らの政治行動だったことが市民にも知られていく。ムン・ブシクとキム・ウンスクは当初、カトリック教会に潜伏していたが、後輩にあたる参加者たちが逮捕されるに伴って自首した。ムン・ブシクは、自分自身はプロテスタントの長老派教会系に属していたが、自首する前にカトリックの金壽卿《キムスギョン》枢機卿に書簡を送って自らの所信を明らかにしている。この文書は、日本の雑誌『世界』（岩波書店）の八二年九月号に「私はなぜ放火したのか」という題名で翻訳紹介された。

犯人を匿った神父なども含め被疑者は十五人に上り、翌年の裁判ではムン・ブシクら二名に死刑判決、キム・ウンスクには無期懲役の判決が下されたが、共に、後に恩赦によって減刑され、ムン・ブシクは八八年、キム・ウンスクは八六年に釈放された。

この事件が民主化運動に与えた影響は大きい。これによって、光州事件以後萎縮していた民主化運動が反米という新たな方向づけを得て徐々に再活性化し、八五年にはソウルでもアメリカ文化院占拠事件が起こった。八七年の民主化を経て、二〇〇〇年代には大規模な反米集会が行われるようになり、反米か親米かをめぐって社会に対立が起きるようにもなっていく。

釜山アメリカ文化院放火事件の背景や、その後の状況についてはムン・ブシクの著書『失われた記憶を求めて――狂気の時代を考える』（板垣竜太訳、現代企画室）に詳しい。本書では、ムンとの協働でこの事件を担ったキム・ウンスクの方に焦点が当てられている。キム・ウンスクは事件当時ムンと恋愛関係にあったが、釈放後には別れ、ソウルの工場街・九老《クロ》で労働者のための夜学をやったり、労働者家庭の子供たちのための学習塾の校長を勤めたりと、現場で地道に活動を続けた。同時に、本書でも触れているように翻訳をやったり、キム・ペンニ（金百里）のペンネームで小説を書いた。二〇一一年にがんで亡くなったが、その直前には経済的困難の中で闘病していることがSNSを通して広まり、多くの募金が寄せられたという。

なお、「ユンミ姉さん」はキム・ウンスクとともにオイルタンクを運んで投獄された三人の女子大学生を思わせる境遇だが、特定のモデルはないそうである。だがこの人物描写は、困難な時代に「未来練習」をしようとした人々の面影を伝えてあまりある。

『未来散歩練習』は、パク・ソルメの小説の中では、明確なあらすじが存在する方だといってよい。『もう死んでいる十二人の女たちと』には、できごとらしいできごとが起きず、どこへたどりつくのかわからないまま主人公が徘徊しているような短篇がいくつも収められているが、それに比べて本書の、特にスミとユンミ姉さんのストーリーは、起承転結も人物の喜怒哀楽も比較的明瞭だ。

一方で、ソウルと釜山を往復する作家の「私」は、これまでも散歩小説を書きつづけてきたパク・ソルメの作品の中でも群を抜いて旺盛な散歩者である。そして、旺盛に食べる人でもある。本書には、実在する釜山の食べもの屋の名前がいろいろ出てくるが、そうした食べ歩きの記録だけでなく、コンビニで売っている何でもないものまで、何を食べて何を残したか淡々と書き込まれている。これは決して描写のための描写ではなく、入浴、着替えも含めた日常の行為が刻むリズムが、本書ではとても重要なのだと思う。

そのことが、出版社による紹介文では「最も『生』に似た方法、『呼吸』に似たリズム、最も人間的な歩幅で人生の複雑さと人間の深さを描き出す」と表現されていた。そして、『未来散歩練習』はそんなパク・ソルメの「自然さ」という長所を満喫するために最上の作品と位置づけられている。確かに、この自然さがあるからこそ、比較的ドラマチックな八〇年代のストーリーが着実に沁み入ってくるように感じられる。

そしてスミとユンミ姉さん、チェ・ミョンファンの物語には、歴史へのアプローチという意味で、パク・ソルメが今まで光州事件を描いてきた作品（『もう死んでいる十二人の女たちと』所収の短篇「じゃあ、何を歌おうか」など）とは違うものがある。

「じゃあ、何を歌おうか」は、二〇一〇年の五月十八日（光州事件の起きた記念日）を舞台に、歴史を見つめることの困難と重要さを描き出したものだった。主人公は一九八五年に光州に生まれ、事件を直接は体験していない。しかしさまざまなところへ旅をすると、「光州の人」と呼ばれる。一方で光州という町そのものも、民主化後は一種の聖地となり、政権が変わると揶揄や軽視の対象にもなるという経緯をたどっている。そんな中で、光州事件を象徴する一つの有名な歌をめぐって、式典でそれを歌うか歌わないかという議論が起きたりする。主人公は雨の中、この歌をめぐる議論に耳を傾けながら、自分と歴史との距離を凝視していた。

一方で『未来散歩練習』においては、光州事件や釜山アメリカ文化院放火事件に関わる人々（そして目撃した人々も）は、「来たるべき未来を練習した人」と定義され、こうした人々に注がれる著者の視線ははるかに直接的で、優しく感じられた。これについて著者に聞いてみたところ、十年以上小説を書いてきて、緊張がほぐれてきたためかもしれないと話してくれた（「もちろん緊張が必要なときはあるが」という前提つきで）。

確かに、『未来散歩練習』には今までの作品にはない一種のやわらかさがある。その中で「私」は八〇年代の人々のことを考えながら歩き、その人が練習した未来を確認し、持ち帰る。著者はあとがきで、劇団野戦之月の二〇一七年公演「クオキイラミの飛礫ワタシヲスクエ！」に触れているが、「クオキイラミ」を逆から読むと「未来記憶」だ。この小説のやわらかさが心に触れるとしたら、本書にあふれる時間が未来記憶と接続しているからだろう。

なお、本作では女性の人物にも「彼」という三人称代名詞を用いている。韓国にも「彼」と「彼女」にあたる言葉があり、小説などでは「彼女」を用いることが一般的だったが、近年、女性作家の中に、三人称代名詞を「彼」に一本化して「彼女」を使わない人が増えている。パク・ソルメ自身も、デビュー当時から「彼女」という言葉をあまり使いたくなかったが、「彼」と書くと修正されてしまうのでがまんしていた、だが最近になって同じ考え方をする作家が増えてきたようで、「彼」でも通じるようになったと語っていた。そもそも韓国語は日本語に比べて性差表現が少なく、また評論や報道記事などでは女性に「彼」を用いても不自然ではないので、その点が日本とは異なるが、欧米で女性にも「They」を用いるのと似たような流れにこの動きも属する。このような動きは今後も続くだろう。

また、例えば一六九頁などに多く見られる一字アキについても一言触れておく。韓国語は英語と同じように単語ごとにスペースを開ける分かち書きが基本であり、並列、休止などの場合には「,」（カンマ）を用いるが、その頻度は日本語に比べてとても少ない。パク・ソルメの文章には、通常はカンマが入りそうなところが一字アキになっているケースが多々見られ、それが一種のリズムを作り出しているので、すべてではないがそれらを一字アキとして再現した。

さらに、『もう死んでいる十二人の女たちと』のあとがきにも書いたが、パク・ソルメの文体は文法的な整合性をはみ出して融通無下なところが多い。言い淀むように文末が迷子になってしまったり、念を押すようにぎこちないくり返しが出てきたりする。こうした特色が、パク・ソルメは難解だという評価を定着させてきたが、『未来散歩練習』ではこの特色がさらに自然な、こなれた形で達成されているようだ。

今回も、可読性を損なわない範囲である程度のぎこちなさを残すべく試みたが、これらのすべてが、散歩するときに頭の中でうごめく考えを写し取った文体と考えれば了解できる。

なお、二一五頁の「推薦の辞」は、原書に韓国語で掲載されたものだ。原書刊行前に作家本人と担当編集者から原稿依頼があって書いたものをこのたび日本語にした。依頼を受けて「そんなものを入れてもあまり広告効果はないですよ」とお返事したところ、「広告効果がなくてもいいんです。私たちが楽しいから頼むんです」と担当編集者からのレスポンスがあり、私も何となく楽しい気持ちになって書いてしまった。このやりとりはコロナ生活の中のよい記憶として残った。八二年の釜山アメリカ文化院の思い出をめぐって楽しい気持ちになるとはどういうことか、よくわからないのだが、当分、作家の後を追って散歩を続けながら考えようと思う。なお、この文章は翻訳をする前に書いたものであり、訳し終えた今読むとちぐはぐなところがあるが、訂正はしないでおく。

また、作家のあとがきに名前が出ている「イェインさん」とは、一人出版社「スイミング・クル」の代表で、パク・ソルメの短篇集『愛する犬』を担当したファン・イェイン氏のこと。出版社代表であるとともに文芸評論家でもある。原書の裏表紙には、私の推薦文の抜粋とともに、イェインさんの「パク・ソルメは、時間に閉じ込められて生きる私に、未来を自然に散歩する方法を教えてくれる。この物語には、こういうふうに一日を送りたいと私が願う完全な方法が書いてある」という言葉が載っていた。

『未来散歩練習』を訳し終えてしみじみと思ったのは、散歩とは人に会う行為だということだ。散歩が思索の時間であることはすでに多くの人によって言い尽くされているが、それは同時に邂逅の時間でもある。実際に歩いていて人に会うこともあるだろうし、それ以上に、脳内で無数の人に会うことができる。スミは歩きながら中学生時代の自分に会って肩を抱いてやり、「私」はチボー家のジャックと一緒に歩き、また八二年のチェ・ミョンファンやキム・ウンスクに出会う。散歩は時間であり空間でもあり、それらが渾然一体となっている。「私」とチェ・ミョンファン、スミとユンミ姉さんとジョンスン、五人の女性たちがゆるやかに穏やかにつながりながら練習していた、また練習している未来は、今日に続いている。

私たちの生きている小さな一日一日が、未来のリハーサルでもあると思うと、目の前の世界の見え方が変わる。作家とはそういう仕事をする人なのだろう。

『もう死んでいる十二人の女たちと』に引き続き担当してくださった白水社の杉本貴美代さん、堀田真さん、翻訳チェックをしてくださった伊東順子さん、岸川秀実さん、丁寧に質問に答えてくださったパク・ソルメさんに御礼申し上げる。

二〇二三年五月十八日

斎藤真理子

訳者略歴

翻訳家。パク・ミンギュ『カステラ』（共訳、クレイン）で第一回日本翻訳大賞、チョ・ナムジュ他『ヒョンナムオッパへ』（白水社）で〈韓国文学翻訳院〉翻訳大賞受賞。訳書は他に、パク・ソルメ『もう死んでいる十二人の女たちと』、ペ・スア『遠きにありて、ウルは遅れるだろう』、パク・ミンギュ『ピンポン』、ハン・ガン『回復する人間』（以上、白水社）、チョ・セヒ『こびとが打ち上げた小さなボール』、ファン・ジョンウン『年年歳歳』、ペ・ミョンフン『タワー』（以上、河出書房新社）、ハン・ガン『ギリシャ語の時間』、チョン・ミョングァン『鯨』（以上、晶文社）、チョン・セラン『フィフティ・ピープル』、ファン・ジョンウン『ディディの傘』（以上、亜紀書房）、チョ・ナムジュ『82年生まれ、キム・ジヨン』（筑摩書房）など。著書『韓国文学の中心にあるもの』（イースト・プレス）。

〈エクス・リブリス〉
未来散歩練習

二〇二三年 六 月二〇日 印刷
二〇二三年 七 月一〇日 発行

著者 パク・ソルメ
訳者 © 斎《さい》藤《とう》真《ま》理《り》子《こ》
発行者 岩堀雅己
印刷所 株式会社 三陽社
発行所 株式会社 白水社

東京都千代田区神田小川町三の二四
電話 営業部〇三（三二九一）七八一一
編集部〇三（三二九一）七八二一
振替 〇〇一九〇-五-三三二二八
郵便番号 一〇一-〇〇五二
www.hakusuisha.co.jp

乱丁・落丁本は、送料小社負担にてお取り替えいたします。

誠製本株式会社

ISBN978-4-560-09085-5

Printed in Japan

▷本書のスキャン、デジタル化等の無断複製は著作権法上での例外を除き禁じられています。本書を代行業者等の第三者に依頼してスキャンやデジタル化することはたとえ個人や家庭内での利用であっても著作権法上認められていません。

エクス・リブリス
EXLIBRIS

もう死んでいる十二人の女たちと

パク・ソルメ　斎藤真理子訳

3・11、光州事件、女性殺人事件などの社会問題に、独創的な想像力で対峙する八篇。韓国文学の新しい可能性を担う作家として注目され続ける著者の、十年の軌跡を網羅した日本版オリジナル短篇小説集。

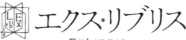